DER
SEELENJÄGER

Über den Autor:

H.E. Wolf , Jahrgang 1968, wuchs in Schleswig-Holstein auf und war in verschiedenen Branchen selbstständig, bevor er mit dem Schreiben anfing.

Nachdem er 2021 aus gesundheitlichen Gründen seine Selbstständigkeit aufgeben musste und der Berufswelt nicht mehr zur Verfügung stand, widmete er sich intensiv dem Schreiben von Romanen. Schon früher schrieb er Kurzgeschichten, aber erst seitdem regelmäßig. Seine Geschichten sind im Dark-Fantasy Bereich angesiedelt.

H.E. WOLF

DER SEELENJÄGER

DARK-FANTASY

Bibliografische Information der Deutschen Nationalbibliothek:
Die Deutsche Nationalbibliothek verzeichnet diese Publikation
in der Deutschen Nationalbibliografie; detaillierte bibliografische Daten sind im Internet über http://dnb.dnb.de abrufbar.

2. Auflage, Oktober 2024

© 2024 H. E. Wolf

© Titelbild: Trooperxy
https://www.facebook.com/trooperXY

© Coverdesign: H.E. Wolf

Verlag: BoD • Books on Demand GmbH, In de Tarpen 42,

22848 Norderstedt

Druck: Libri Plureos GmbH, Friedensallee 273, 22763 Hamburg

ISBN: 978-3-7597-7528-3

INHALT

FLOHMARKT DES GRAUENS

Die Sonne stand schon hoch am Himmel, als das Treiben auf dem Trödelmarkt in Kellinghusen an Fahrt aufnahm. Immer mehr kaufwillige und schaulustige Gäste betraten das Gelände um die Wiesengrundhalle im westlichen Teil der Kleinstadt. Die Verkäufer erhofften sich gute Geschäfte, aber das war heutzutage nicht mehr so einfach. Nicht alles ließ sich an die Frau oder den Mann bringen. Bei manchen Sachen musste man die Menschen schon bewusstlos quatschen, um sie verkaufen zu können. Einer der Stände wurde von Azula und ihrer Tochter Marilyn betrieben, an dem sie selbst gefertigte Dekoartikel und Gebrauchtes anboten. Den Nachbarstand betrieb ein überheblicher und eingebildeter Mann, der den beiden Frauen bereits nach dem Aufbau seines Verkaufsstandes auf die Nerven ging. Er hatte sich als Hinnerk vorgestellt. Seine selbstgefällige Art machte Azula fast rasend.

„Wenn der nicht gleich an seinem Brötchen erstickt, helfe ich nach!", sagte sie. Ihre Tochter konnte sich nicht zusammenreißen und lachte laut los. Der Nachbar verstand das scheinbar als flirten und schaute wie ein hormongestörter Teenager zu den beiden Mädels rüber. Eine alte weißhaarige Frau mit Lederjacke, Jeans und einem T-Shirt mit Arch Enemy Aufdruck schaute sich die Klamotten von dem Nachbarn an, die er zum Verkauf anbot.

„Sorry, aber für Ihre Altersklasse habe ich leider nichts auf Lager.", sagte er in einem abfälligen Ton. Die Weißhaarige musterte ihn von oben bis unten, lächelte müde und konterte:

„Orange Schuhe, gelbes T-Shirt und grüne Hose? Was sagt dein Arzt, kommst du durch?"

Der Verkäufer schnappte nach Luft und wollte gerade etwas erwidern, da kam ihm die alte Frau zuvor.

„Ich sehe schon, du warst bei der Pillenausgabe nicht dabei."

Dann ließ sie ihn einfach stehen und spazierte weiter zu dem Stand der beiden Frauen, die immer noch wegen des Dialogs zuvor am Lachen waren.

„Suchst du Streit, Oma? Den kannst du haben!", fauchte der geknickte Nachbar ihr hinterher. Die sah noch einmal kurz zu ihm rüber und ihre Augen leuchteten grellrot auf. Er zuckte zusammen und wurde leichenblass.

„Ok ... ist nicht so dringend ...", murmelte er kleinlaut.

Auf seiner eng sitzenden Jeans zeichnete sich ein größer werdender Fleck ab. Azula und Marilyn lachten noch, als sie die Frau begrüßten.

„Herrlich, wie Sie es dem gegeben haben.", sagte Azula breit grinsend.

„Dabei sprühe ich heute nur so vor guter Laune.", antwortete die alte Frau gelassen. Ihre Augen veränderten sich langsam in ein kräftiges eisblau. Mutter und Tochter war das zwar ein wenig unheimlich, ließen sich aber nichts anmerken. Die alte Frau schaute die Jüngere durchdringend an.

„Hallo Marilyn. Ich suche jemanden, den du kennst. Er geht am Stock und trägt einen Kutschermantel. Sein Name ist John Craven." Die junge Frau schluckte hart und sah sie mit großen Augen an.

„Woher wissen Sie wie ich heiße, woher kennen Sie John und ... und wer sind Sie?" Die alte Frau lächelte.

„Ich weiß vieles.", antwortete sie geheimnisvoll. Nach einer kurzen Pause fuhr sie fort.

„... und mein Name ist Ariel."

In einem kleinen Wäldchen, keine zweihundert Meter von dem Flohmarktgelände waren drei Wilderer dabei ihre Gewehre zu laden. Sie hatten vor Wildtiere zu jagen und das Fleisch meistbietend zu verkaufen. Sie unterhielten sich leise und schmiedeten einen Plan. Bevor der ausgereift war und die Männer ihr Vergehen vollziehen konnten, wurden sie jäh unterbrochen. Wie aus dem Nichts und völlig lautlos erschien eine braunhaarige junge Frau in einem dunkelgrünen Mittelalterkleid direkt vor ihnen. Die Gewandung betonte durch die Schnürung am Oberkörper ihre aufregende Figur. Die Männer hoben ihre Gewehre und legten auf die Frau an. Diese lächelte kalt.

„Überlegt euch gut, was ihr jetzt macht, es könnte eure letzte Entscheidung sein." Die Wilddiebe senkten die Waffen und schauten sie ratlos an. Motorgeräusch näherte sich und ein Geländewagen mit weiteren vier bewaffneten Männern hielt an. Sie stiegen aus und einer rief den anderen dreien zu:

„Was guckt ihr denn so blöd. Habt ihr noch nie eine Frau gesehen?"

Neben der braunhaarigen Schönheit tauchte ein pechschwarzer Wolf auf, der die sieben Männer mit seinen bernsteinfarbenen Augen anfunkelte und aggressiv knurrte. Die Burschen bekamen Panik, setzten sich in ihre Autos und fuhren wie die gestörten davon. Die Frau schmunzelte und sagte leise:

„Nicht so schnell ihr süßen, ich bin doch noch nicht fertig mit euch." Sie und der Wolf lösten sich in einer Nebelwolke auf.

Marilyn und Azula waren sprachlos. So wirkte die Frau zwar etwas unheimlich, aber sie war ihnen dennoch sympathisch. Schlagartig glühten ihre Augen und ihr Kopf ruckte herum. Sie schaute in Richtung des kleinen Wäldchens hinter dem Gelände.

„Sehr schön, da naht Abwechslung." Sie lächelte und leckte sich über die Lippen. Dann sah sie wieder die beiden Frauen an.

„Wenn John kommt, sagt ihm bitte, dass er hier auf mich warten soll." Der Nachbar hatte sich inzwischen umgezogen und war erleichtert, dass die alte Frau wegging.

Die beiden Geländewagen rasten auf das Terrain mit dem Trödelmarkt zu. Eine alte Frau schlurfte äußerst langsam mit ihrem Rollator auf das Veranstaltungsgelände. Die Fahrer der Autos schien das nicht sonderlich zu interessieren, denn sie hielten ihr Tempo. An einer kleinen Baumgruppe bildete sich eine Nebelwolke und die Frau mit dem Wolf schritt daraus hervor. Die Fahrer der Offroadfahrzeuge traten auf die Bremse und rammten sich ungewollt gegenseitig ab. Stark beschädigt kamen die Autos einige Meter vor der Frau mit dem Rollator zum Stehen. Durch die Geräusche wurde die Oma in ihrem Gang unterbrochen. Sie drehte sich langsam zu den Fahrzeugen um, zeigte den Insassen den erhobenen Mittelfinger und setzte ihren Weg dann unbeirrt fort. Die Wilderer sprangen mit den Gewehren aus den Schrotthaufen heraus und legten auf die Braunhaarige und den schwarzen Wolf an. Ihr war klar, diese Kerle wollten töten um des Tötens willen. Mit einer lässigen Armbewegung ließ sie die Männer kurz schweben und schleuderte sie mit ihrer Willenskraft durch die Luft. Einer der Typen krachte auf den Tisch von Azula und Marilyn, der scheppernd zusammenbrach und alles, was darauf lag, zerstörte. Der Mann guckte benommen die beiden Frauen an und wollte sich aufrichten. Die Jüngere war schneller und schickte ihn mit einem Faustschlag ins Land der Träume.

„Dummes Arschloch, das wollte ich noch verkaufen!", maulte sie.

Um sie herum brach Panik aus. Während die Menschen wie aufgescheuchte Hühner umher rannten, setzten sich Mutter und Tochter auf ihre Stühle, holten ihre zu Hause geschmierten

Brötchen raus und sahen dem Treiben kauend zu.

„Hätte ich gewusst was uns hier heute erwartet, hätte ich Popcorn mitgenommen.", sagte Azula. Die braunhaarige Frau und der Wolf schritten langsam den Gang zwischen den Ständen entlang. Als der überhebliche Nachbar den Lupus erblickte, sackte dieser ohnmächtig zusammen. Die Frau in dem dunkelgrünen Mittelalterkleid blieb kurz stehen, sah nach rechts zu dem blonden Verkäufer, schüttelte den Kopf und sagte:

„Fenrir, hast du wieder böse geguckt?" Der Wolf gähnte gelangweilt, dann spazierten sie weiter.

Einer der Wildtöter sah die Frau aus dem Wald und legte auf sie an. Zum schießen kam er nicht mehr, denn Ariel fiel von hinten über ihn her. Sie zerfetzte seine Kehle, trank gierig sein Blut und ihre Augen leuchteten dabei hellrot. Sie brach den toten Körper in der Mitte durch und stopfte ihn in eine der herumstehenden Mülltonnen, bis nur noch der Kopf und die Füße zu sehen waren. Die Blicke der beiden Frauen trafen sich. Ariel deutete mit dem Daumen auf die Leiche im Mülleimer.

„Der Umwelt zur Liebe.", sagte sie und die beiden klatschten sich mit einem High Five ab.

„Lange nicht gesehen, Maya."

„ ... und doch wieder erkannt.", erwiderte Ariel grinsend.

„Wie ist dein Leben so als Waldgeist?"

„Anstrengend. Es gibt eindeutig zu viele Idioten auf der Welt die ihren Frust und ihre Zerstörungswut in die Natur tragen." Maya zeigte auf die Wilderer.

„Da sind noch fünf von der Sorte und die warten scheinbar auf ihr Ende."

„Jap.", erwiderte Ariel und ließ ihre schwarzen Flügel aus dem Rücken wachsen. Sie hob ab und kümmerte sich um den nächsten Verbrecher, der wild um sich schoss. Nachdem er einige der Gäste verletzt und getötet hatte, legte er auf Maya an. Wieder war Ariel schneller. Sie riss ihm den Kopf ab und schoss ihn wie einen Fußball durch die offene Hallentür. Danach fiel sie über seine Leiche her und riss sie in Stücke. Das Blut ließ ihre Haare schwarz werden und mit jedem Tropfen Lebenssaft, den sie trank, kehrte ihre Jugend immer mehr zurück. Für die beiden Frauen war es nicht einfach, die Männer in dem Gewühl ausfindig zu machen.

„Püppi, wie oft habe ich dir schon gesagt, dass du nicht mit dem Essen spielen sollst.", erklang hinter ihr eine Männerstimme. Ariel drehte sich um. Sie strahlte und rannte auf ihn zu.

„John, schön dich wieder zu sehen." Er streckte die flache Hand aus und sie stoppte einen Meter vor dem Mann mit dem

Kutschermantel, Stock und Hut.

„Nimms mir nicht übel, aber knuddeln, anknabbern oder küssen, bitte erst, wenn du duschen warst.", sagte er grinsend.

„Ok, ich amüsier mich noch ein wenig.", gab Ariel von sich und eilte zu Maya, die von fünf Gewehrkugeln getroffen wurde. Die Wilderer schossen sich auf sie ein. Die Frau schritt unbeeindruckt auf die Verbrecher zu, versuchte sich einen davon zu greifen aber die türmten.

Ein etwa fünfjähriger, weinender Junge fiel vor ihr hin. Er schrie nach seiner Mutter, die er in dem Gewühl dieser Katastrophe verloren hatte. Maya nahm den kleinen auf den Arm und tröstete ihn. Nach einigen Minuten traf sie einen der Platzwächter und übergab ihm das Kind.

„Finden Sie seine Mutter." Der Mann sah sich die Frau von oben bis unten an und sah die Einschusslöcher in ihrem Körper.

„Tut das gar nicht weh?"

„Nur wenn ich lache. Also bitte keine Witze, junger Mann.", antwortete sie und zwinkerte ihm zu. Er schaute ihr hinterher und sah, wie sie den Arm ausstreckte und die fünf Patronen aus ihrem Bauch und Brustkorb davon warf. Er verstand die Welt nicht mehr. Sowas gab es doch eigentlich nur im Film, oder nicht?

Ein kleinerer pummeliger Mann kam auf John zu.

„Hast du das gesehen? Die Schwarzhaarige ist ja geil. Die wäre was für mich.", sagte er ganz aufgeregt.

„Mit Sicherheit nicht, Stefan. Wenn sie dir die Hand reicht, ist sie schon eine Nummer zu groß für dich." Er sah John geknickt an und schaute zu Boden.

„Schau mal lieber nach, ob deine Mutter und deine Schwester nicht schon vor Lachen vom Stuhl gerutscht sind."

„Gehst du denn nicht hin?" John hob seinen Stock und antwortete:

„Das dauert bei mir etwas länger."

Einer der Wilderer sah sich hektisch um. Nun konnte er sich vorstellen, wie sich ein gejagtes Tier fühlte. Er hängte sich das Gewehr über die Schulter, zog sein Messer aus dem Gürtel, schnappte sich eine Frau als Geisel. Er hielt ihr die scharfe Klinge an den Hals.

„Eine falsche Bewegung und du bist tot!", flüsterte er ihr ins Ohr.

„Dummer Fehler ...", hauchte sie.

„... ganz dummer Fehler!" Sie nahm seine Messerhand und

riss ihm den Arm aus. Er schrie vor Schmerzen und starrte auf das Blut, welches aus seiner Achsel strömte. Ariel verprügelte den Mann mit seinem eigenen Arm. Unter Schock stehend blieb er stehen und glotzte entsetzt in ihr Gesicht. Mit einer blitzschnellen Bewegung durchschlug ihr Arm seinen Brustkorb. Die rot glühenden Augen war das letzte, was er sah. Als er auf dem Boden aufschlug, war er schon tot. Sein Herz pochte noch ein paar Sekunden in Ariels Hand, dann warf sie es schwungvoll in die nächste Mülltonne. Sie stieg teilnahmslos über die Leiche hinweg und sah überall ängstliche Menschen, die geschockt auf die blutbesudelte Frau schauten. Sie zog ihre Lederjacke und ihr T-Shirt aus. Die Blicke der Männer entgingen ihr keineswegs. Sie gafften auf ihre nackten Brüste.

„Jungs, fahrt eure Stielaugen wieder ein, sonst muss ich da mal raufhauen.", sagte sie kaltschnäuzig. An dem Textilstand, vor dem sie stoppte, nahm sie sich ein schwarzes Oberhemd und zog es sich über. Die Verkäuferin verzog keine Miene. Sie betrachtete nur entsetzt und ängstlich das in ihren Augen blutrünstige Monster. Ariel ließ ihre Jacke und Shirt liegen.

„Ich komme später wieder und bezahle Ihnen das Hemd. Wären Sie so lieb und passen solange auf meine Sachen auf?" Die Frau nickte sprachlos.

„Danke.", sagte Ariel, ließ ihre Flügel aus dem Rücken hervortreten und breitete sie aus. Mit einer Spannweite von vier Metern war sie eine mehr als beeindruckende Erscheinung. Sie erhob sich in die Lüfte und suchte sich den nächsten Gegner.

Neben Maya brach ein junger Mann tödlich getroffen zusammen. Eine Kugel hatte seinen Kopf durchschlagen. Die Blutlache auf dem Boden wurde immer größer. Das blanke Entsetzen stand den Menschen ins Gesicht geschrieben. Ein Schatten schob sich vor die Sonne und verdunkelte den Umkreis um die Leiche. Eine junge Frau fiel neben dem toten auf die Knie und schrie ihren ganzen Schmerz und ihre Trauer hinaus. Maya schaute betroffen hinunter und ihr Blick verfinsterte sich. Sie marschierte unaufhaltsam auf den Schützen zu, der ihr eine Kugel nach der anderen in den Leib jagte.

Die Witwe war weiterhin am Schreien. Dann spürte sie eine Hand auf ihrer Schulter. Sie schaute hoch und sah Ariel mit ausgebreiteten Flügeln.

„Bist du ein Engel?", stammelte sie.

„Halbtags.", kam als knappe Antwort. Ursprünglich war sie tatsächlich mal ein Engel, bevor sie im Mittelalter von religiös verblendeten Menschen geschändet und verbrannt wurde. Zwei Archäologen hatten ihr ungewollt die Rückkehr ermöglicht.

Sie kniete sich neben die Frau, ließ ihre Flügel verschwinden und berührte den Mann an seinen Schläfen. Alle um sie herum kamen aus dem Staunen nicht mehr heraus, als Ariels Hände zu leuchten anfingen. Das Einschussloch verjüngte sich und verschwand. Der Mann erwachte wenige Minuten später mit weit aufgerissenen Augen und nach Luft ringend zum Leben. Die hässlichen Wunden waren verschwunden. Er sah sie verwirrt an.

„Was ist passiert?", fragte er krächzend. Ariel schaute erst ihm, dann seiner überglücklichen Frau und wieder dem Mann in die Augen.

„Sagen wir ... du hattest einen Scheißtag und darfst ab heute zweimal im Jahr Geburtstag feiern.", antwortete sie sanft lächelnd und übergab ihm das Geschoss aus seinem Kopf.

Im selben Augenblick glühten ihre Augen wieder und sie erhob sich.

Maya erreichte den Schützen, riss ihm das Gewehr aus der Hand und schlug ihm damit den Schädel ein. Der Schlag endete zwischen seinen Schulterblättern. Die Flohmarktbesucher, die das miterlebten, schrien vor Entsetzen auf.

„Er war kein guter Mensch.", sagte Maya. Im nächsten Augenblick purzelten acht Projektile aus ihrem Körper.

Azula und Marilyn sahen eine kleine Staubwolke auf sich zukommen.

„Dein Bruder kommt."

„Schon gesehen."

„Heb mal die Füße hoch beim Laufen. Du versperrst uns die Sicht mit dem Staub, den du aufwirbelst!" Völlig aus der Puste blieb der Junge vor dem zertrümmerten Tisch stehen und schaute sich den dazwischen liegenden Mann an.

„Ist der tot?", fragte er weiter nach Luft schnappend.

„Nee. Marilyn hat ihm eine gedröhnt. Seitdem schläft er. Und schnarchen tut die Sau auch noch!", antwortete Azula.

„Und nun geh mal aus dem Weg. Ich möchte sehen, was da noch abgeht.", sagte zu ihrem Sohn. Langsam kam John angehumpelt und duckte sich blitzschnell, als ein abgerissener Arm durch die Luft flog.

„Man was ein Verkehr heute.", murrte er. Er sah den Standnachbarn der beiden Frauen, wie er sich aufrappelte und seine Kleidung zurechtzupfte.

„Na Hinnerk, schon gute Umsätze gemacht heute?"

„Nein, irgendwie bleibt gerade die Kundschaft aus."

„Hättest vielleicht statt der Plünnen da Verbandsmaterial,

Leichensäcke und Särge anbieten sollen. Wenn die beiden Mädels irgendwo auftauchen stellt das eine Marktlücke dar. Übrigens, Maya und Ariel kommen gleich noch auf ein Käffchen vorbei.", gab er grinsend von sich. Hinnerk verdrehte die Augen, schüttelte den Kopf und setzte sich deprimiert auf eine der leeren Transportkisten. Ihm graute schon davor.

Ariel flog von einem Verletzten und Toten zum nächsten. Es gelang ihr, von den siebzehn Todesopfern zwölf ins Leben zurückzuholen, für die anderen kam jede Hilfe zu spät. Den verwundeten Menschen konnte sie allen helfen. Die Kraftanstrengung zeigte ihre Wirkung. Sie war wieder alt und weißhaarig. An ihrer Kampfkraft hatte sie aber nichts eingebüßt. Diese Erfahrung wurde für den nächsten Wilderer zu einer endgültigen Erkenntnis. Er schoss unentwegt auf den ehemaligen Engel. Dann zielte er an ihr vorbei auf eine schwangere Frau und drückte ab. Ariel hob ihre rechte Hand und die Kugel stoppte einen Zentimeter vor der Stirn der werdenden Mutter. Diese schielte auf das vor ihrer Nase noch immer rotierende Projektil. Ruhig und gelassen schob Ariel die Frau einen Meter zur Seite. Die starrte weiterhin die Kugel an, als die ihren Weg fortsetzte, und irgendwo in einem Baum einschlug. Der schießwütige Mann ließ sein Gewehr fallen und suchte sein Heil in der Flucht. Die weißhaarige Frau mit den Flügeln folgte ihm ohne Eile. Sie passierte die Stände von Hinnerk, Azula und Marilyn. Von einem der Tische nahm sie sich einen Strohhalm. Sie drehte sich kurz zu den beiden Frauen um und sagte:

„Besorgt schon mal Kaffee, ich bin gleich bei euch. Muss da noch kurz was erledigen." Sie schnippte mit den Fingern und der Killer knallte mit voller Wucht auf den sandigen Boden. Wie von Geisterhand wurde er zurückgezogen und blieb zu Ariels Füßen liegen. Sie drehte ihn um und rammte ihm den Strohhalm in den Hals, aus dem sie sein Blut trank. Ihre Haare wurden wieder schwarz, das Gesicht und ihr Körper ein weiteres Mal jünger. Als sie sich erhob und den Leichnam bei Seite trat, erstrahlte sie in ihrer ganzen jugendlichen Schönheit. Sie sah wieder aus wie fünfundzwanzig. Ihre Augen leuchteten weiter rot. Stefan bekam den Mund nicht mehr zu.

„Mund zu, sonst kommen Fliegen rein.", sagte John.

Hinnerk kippte erneut ohnmächtig um und John grinste über das ganze Gesicht.

„Püppi, seit wann bist du so zärtlich?", sagte er.

„Na hör mal. Longdrinks muss man genießen.", antwortete sie gelassen und lächelte.

Maya schaute dem Wilderer in die Augen. Ihr Blick war gnadenlos, ebenso ihre Stimme.

„Gib deinem Arsch einen Abschiedskuss, denn deine Zeit ist nunmehr um!", sagte sie mit frostig kalter Stimme. Einige der Gäste, die längst begriffen hatten, dass die Männer hier die eigentlichen Bestien waren und nicht die beiden Frauen, klatschten Beifall. Er hob sein Gewehr und schoss alles raus, was das Magazin hergab. Die letzte Kugel traf die braunhaarige Frau in die Stirn zwei fingerbreit über den Augen und warf sie um. Die Blutlache unter ihrem Kopf wurde größer und die Menschen schrien entsetzt auf. Der Wilderer hüpfte herum wie Rumpelstilzchen und freute sich, dass er die Frau erledigt hatte. Er trat an sie heran und kickte ihr hart in die Rippen.

„Na Schlampe? Wer ist hier jetzt der Gewinner? Wer bereut nun seine letzte Aktion?", keifte er und zog mit einem siegessicheren Grinsen davon. Er steckte sich eine Zigarette an.

„Kukuk.", erklang hinter ihm die Stimme der braunhaarigen Frau mit dem Mittelalterkleid. Er wurde blass. Vor ihm stand Fenrir, der schwarze Wolf. Er zog die Lefzen hoch und knurrte. Der Mörder drehte sich um und starrte die Frau an. Das Loch in der Stirn verschwand und sie spuckte das Projektil aus, ihm genau vor die Füße. Er war zu keiner Bewegung fähig. Maya nahm ihm die Zigarette aus dem Mund, packte seinen Kopf mit beiden Händen und drehte ihn langsam um 180 Grad. Das hässliche Knirschen und Knacken berstender Knochen und reißender Muskeln sorgte für eine gespenstische Stille. Wie einen nassen Sack ließ sie den Toten zu Boden fallen.

„Hat man dir nie gesagt, das Rauchen ungesund ist?", murmelte Maya. Sie nahm einen langen Zug von dem Glimmstängel und ließ ihn auf den Killer fallen. Völlig gelangweilt schritt sie über die Leiche hinweg und spazierte mit Fenrir zurück zum Westende des Platzes, wo Ariel und die anderen schon auf sie warteten. Der letzte Wilderer auf den Überresten des Verkaufsstandes von Azula und Marilyn kam zu sich. Das Erste, was er sah, waren die beiden unheimlichen Frauen. Er hatte Angst und fing an zu wimmern. Sie standen direkt vor ihm. Zwei Eichhörnchen kamen angerannt und setzten sich auf Mayas und Ariels Schultern. Das eine, dass auf dem ehemaligen Engel saß, sah ihn durchdringend an und die Äuglein glühten kurz rot auf.

„Darf ich vorstellen, das ist Mephisto das Hörnchen des Bösen. Nicht zu verwechseln mit dem Hamster des Todes und er ist sauer auf dich. Er entscheidet, ob du leben oder sterben wirst.", erklärte Ariel. Der Mann schwitzte und heulte wie ein kleines Kind. Das Eichhörnchen stupste den einstigen Engel mit seiner Nase an und gab leises Fiepen von sich.

„Mephisto sagt, du darfst leben. Aber er behält dich im Auge." Der Mann erhob sich und rannte davon. Das Hörnchen hüpfte auf Johns Schulter und kuschelte mit ihm.

„Mephisto?", fragte er.

„Was dagegen?", erklang eine männliche Stimme an seinem Ohr. Er sah in die großen Knopfaugen des Eichhörnchens.

„Hast du das gerade gesagt?"

„Habe ich das? ...scheiße! Hab ich!", das Hörnchen klatschte sich mit der Pfote an die Stirn.

„An meiner Tarnung muss ich wohl noch ein wenig feilen, denke ich mal.", sagte der kleine Nager leise.

„Klingt nach einem Plan.", erwiderte John grinsend und lachte.

„Wieso Mephisto? Du warst doch gnädig. Das passt nicht zu dem Namen."

„Ja Mann, ich fand den Namen einfach cool und nur Hörnchen genannt zu werden war mir einfach zu blöd.", antwortete das Waldtier.

„Okay, das leuchtet ein.", gab John zurück.

Der Platzwächter, der der braunhaarigen Frau das Kind abgenommen hatte, kam hinzu.

„Und wer räumt die Sauerei hier wieder weg, meine Damen?", fragte er leicht gereizt und zeigte auf die Überreste des Blutbades.

„Ich werde dieses ... Schlachtfest mit Sicherheit nicht entsorgen. Öhm...Polizei rufen hat bestimmt keinen Sinn, oder?" Ariel sah sich um und bemerkte, dass nur wenige Gäste des Trödelmarktes und ein paar Verkäufer geblieben sind. Die anderen waren in Panik geflohen. Die Menschen, die Ariel ihr Leben verdankten, bedankten sich bei ihr. *Manche werden jetzt bestimmt wieder gläubig.*, dachte sie.

„Ich warte noch auf eine Antwort.", nörgelte der Platzwächter.

„Nicht wirklich. Wer würde Ihnen denn glauben?", fragte Ariel und tippte mit dem Zeigefinger an die Stirn des Mannes. Er erstarrte. Sie schnippte mit den Fingern und alles was auf das Massaker hätte hindeuten können, löste sich in Luft auf. Die Leichen, die Leichenteile und die Blutlachen zerfielen zu Staub. Die Stände und Waren, alles sah wieder so aus, wie es war, bevor Maya und Ariel sich ausgetobt hatten. Sie tippte dem Platzwächter erneut an die Stirn und er erwachte.

„Was soll denn weggeräumt werden? Ich habe keine Ahnung wovon Sie da reden.", sagte sie. Der Wächter schaute sich um und meinte, seinen Verstand zu verlieren.

„Sie brauchen mal Urlaub. Sie sehen sehr abgespannt aus.",
fügte Ariel hinzu.

„Ja ... ich werde dann mal Urlaub einreichen.", brummelte
er vor sich hin und schlurfte davon.

Der einstige Engel hob die Hand und schüttelte sie, als hätte
sie sie sich verbrannt und sagte lachend:

„Das war knapp." John legte ihr einen Arm um die Schulter.

„Du bist echt unglaublich. Manchmal übertriffst du dich
glatt selbst." Sie schaute John in die Augen und grinste spitz-
bübisch. Nachdem sie sich von allen verabschiedet hatte, sagte
sie zu ihrem Freund mit dem Kutschermantel:

„Komm süßer, wir haben noch was zu erledigen." Ihre Augen glänzten. Stefan sah die beiden fragend an.

„Ein flotter vierer ... herrlich.", antwortete John mit einem
lüsternem lächeln, küsste Ariel auf den Mund und zusammen
verließen sie das Gelände.

Stefan sah den beiden geknickt hinterher:

„Warum darf der jetzt mit ihr herumferkeln und ich nicht?"

„Weil er es kann.", sagte Maya lächelnd und löste sich mit
Fenrir vor seinen Augen in Luft auf.

In einiger Entfernung fragte Ariel:

„Was denkst du, Bolognese oder Rouladen?"

„Rouladen, mit Salzkartoffeln und Rotkohl."

„Bist du dir sicher?"

„Klar. Erstens ist heute Sonntag und zweitens haben wir
gestern die Zutaten eingekauft."

„Da freu ich mich schon drauf. Übrigens, erzähl bloß Nick
nichts von unserem Frühsport hier, der flippt sonst wieder
aus."

„Keine Sorge. Und worüber sollte er den meckern? Es ist
doch nichts passiert.", antwortete John schelmisch grinsend.
Sie drehten sich noch einmal um und sahen Stefan, wie er geknickt eine auf dem Boden liegende leere Cola-Dose mit dem
Fuß durch die Tür der Halle schoss.

„Flotter vierer ... du hast Ideen.", sagte Ariel und lachte,
dann verschwanden sie in einer Nebelwolke.

Zwei Stunden Später

Der Platzwächter ging mit einem Greifer in der einen und
einem Müllsack in der anderen Hand das Gelände ab und sam-
melte die Hinterlassenschaften der Besucher ein. Als er bei der
Halle ankam, bemerkte er, dass die Tür halb offen stand. Er
sah den silbernen Boden einer Getränkedose im Sonnenlicht
glänzen.

„Na die Leute haben einfach zu viel Geld.", murmelte er und hob die leere Pfanddose auf. Dann entdeckte er einen abgerissenen Kopf, der in einer Blutpfütze lag.

„Och nöö ... echt jetzt?", seufzte er.

ENDE

Die Tochter des Grafen

An einem stürmischen und ungemütlichen Morgen stand Caldor an dem Grab nahe der Komturei und starrte stumm auf die Inschrift. Der Silberdämon war in Gedanken versunken und Erinnerungen an eine längst vergangene Zeit kamen in ihm hoch.

„Na Großer, wie geht es dir?", fragte Mia, die junge Hexe ihn, die sich ihm lautlos genähert hatte.

Er sah sie an und zuckte mit den Schultern. Sie legte ihre Hand auf seinen Unterarm und drückte sanft zu.

„Deine Gefühle sind richtig. Sie liegt wirklich hier." Caldors räuspern war wie ein Startsignal für die weiße Hexe und sie fing an zu erzählen ...

Fast drei Jahre zuvor ...

Der Abriss der alten Villa war schon längst beschlossene Sache und nach mehr als zehn Jahren diskutieren wegen Denkmalschutz hatte der Investor grünes Licht bekommen, da das alte Gebäude ohnehin einsturzgefährdet war. Der Geldgeber plante, an dieser Stelle ein neues Einkaufszentrum zu errichten. Der Bautrupp rollte an und die Abrissbirne kam zum Einsatz. Das einhundertfünfzig Jahre alte Haus wurde dem Erdboden gleichgemacht. Beim Ausheben des Grundstücks entdeckte man Mauerreste, die weit über dreihundert Jahre alt waren. Die Stadtverwaltung forderte einen sofortigen Abbruch der Arbeiten und ein Archäologenteam aus Kiel wurde angefordert. Der Investor war entsprechend sauer wegen der Verzögerung und versuchte sich, über die Verfügung hinweg zu setzen. Aber es blieb beim Versuch. Die Baufirmen zogen ihre Mannschaften und Baufahrzeuge vorerst ab. Die Archäologen steckten das Gebiet großräumig ab und nahmen ihre Arbeit auf. Carl Mertens, der Leiter dieses Einsatzes war etwas überfordert, denn er fand Hinweise auf verschiedene Epochen und Kulturen in den freigelegten Ruinen. So beschloss er, seinen alten Mentor zu Rate zu ziehen, der sich aus der aktiven Archäologie zurückgezogen hatte. Carl zog sein Handy aus der Westentasche und wählte die Nummer seines einstigen Professors. Das Freizeichen ertönte und nach dem dritten Ton meldete er sich.

„Konrad, was kann ich für sie tun?", sprach die Stimme eines älteren Mannes.

„Guten Morgen Johann, Carl Mertens hier. Ich bräuchte mal deine Hilfe bei einer Ausgrabung bei St. Peter-Ording. Lässt es sich einrichten, dass du herkommst?", fragte er seinen damaligen Mentor.

„Aber klar doch. Mein Laden ist eh gerade in einer...er ist Schrott, aber das erzähle ich dir später.", antwortete der alte Mann. Sie unterhielten sich noch ein wenig und verabredeten sich für den folgenden Morgen an der Grabungsstelle.

Der Tag begann wolkig und trüb. Der alte Dodge Pick-Up bahnte sich seinen Weg zur Ausgrabungsstelle. Vor dem abgesperrten Gelände stellte Johann Konrad den betagten Army-Truck ab. Er, seine Enkelin Mia und ihr Freund Mark Thomson stiegen aus. Die junge rothaarige Frau zog sofort alle Blicke auf sich. Der Mann in Gothic-Kleidung fiel da kaum auf.

„Siehst du mein Kind, deshalb haben wir das Auto genommen.", sagte der Professor.

„Damit mich alle angaffen?", erwiderte sie.

„Nein, um mit deiner Art der Fortbewegung nicht aufzufallen."

„Also das mit dem ‚nicht auffallen' ist uns ja wirklich hervorragend gelungen.", gab sie schnippisch zurück.

„Das dürfte aber auch an eurer Kleidung liegen."

Sie schritten zu dem großen Zelt, in dem sich der Ausgrabungsleiter aufhalten musste. Der zugige Wind wehte den Kutschermantel von Mark so nach hinten, dass er sich wie ein glockenförmiger Umhang aufstellte. Bevor sie das Zelt erreichten, sagte er zu Mia:

„Ich spüre hier etwas. Eine starke Präsenz."

„Ja, ich auch. Hoffentlich bringen wir Großvater nicht in Verlegenheit."

„Na das wäre ja nicht das erste mal."

Sie betraten das Zelt, in dem Carl Mertens sie schon erwartete. Auf dem kleinen Tisch standen vier Kaffeebecher, Milch,

Zucker, Brötchen und Aufschnitt. Alles für ein gutes Frühstück.

„Guten Morgen und herzlich willkommen.", begrüßte der blonde Hüne seine Gäste. Carl lenkte sie erst zu dem großen Tisch, der mitten im Zelt stand. Darauf lagen kürzlich geborgene Artefakte. Verschiedene alte Waffen aus dem Mittelalter, ein Rapier und ein Medaillon. Daneben Schriftrollen in einer kleinen Truhe. Mark hob seine behandschuhte Hand und eine der Rollen schwebte aus dem Behältnis und entrollte sich. Mit der anderen hielt er seinen Gehstock. Er bot somit einen unheimlichen Anblick. Carl schaute erstaunt und guckte dann zu Johann.

„Das ist normal. Die beiden machen sowas öfter.", sagte der Professor, mit einem grimmigen Blick zu seiner Enkelin.

„Seid ihr Hexen oder sowas?", fragte der Kieler Archäologe.

„Ich bevorzuge die Bezeichnung ... Hexer oder Magier.", gab Mark freundlich zurück.

„Angeber.", sagte Mia schmunzelnd an ihren Freund gerichtet.

Innerlich suchte Johann ein Loch, in dem er versinken konnte. Sein Plan, so unauffällig wie möglich aufzutreten, wurde durch die beiden gerade ruiniert.

„Geil, gefällt mir.", sagte Carl grinsend.

„Auf dieser Schriftrolle steht, dass es sich hier um eine Burg aus dem späten Mittelalter handelt, welche durch einen Angriff vor vierhundert Jahren zerstört wurde.", erzählte Mark. Er las sich auf die gleiche Art und Weise die anderen Schriftrollen durch und verstaute sie wieder in der kleinen Truhe.

„Was haben Sie sonst noch gefunden, Herr Mertens?", fragte er den Archäologen.

„Nur dieses Medaillon.", antwortete dieser und zeigte es dem Hexer. Auf der Vorderseite war ein Drachen abgebildet und auf der Rückseite war etwas in Latein und ein Name eingraviert.

„Expergiscimini et contere malum.", las er leise vor.

„Keine gute Idee ...", äußerte Johann sich.

„Was?", fragte Carl.

„Das ist Latein und bedeutet so viel wie: Erwache und vernichte das Böse.", erwiderte Mark.

„Eigentlich sollten Sie die Sprache doch kennen.", sagte er mit durchdringendem Blick.

„Naja, es ist ein ... uralter Dialekt. Der ist mir nicht geläufig."

In diesem Moment hörten sie draußen ein Grollen. Ein Gewitter schien aufzuziehen. Mia verließ das Zelt und schaute nach oben. Über der Grabungsstelle wurde der Himmel schwarz. Ein Blitz schlug in die freigelegte Ruine ein. Staub stieg auf, legte sich aber schnell. Die Studenten, die mit den Grabungen beschäftigt waren, zogen sich erschrocken zurück.

„Ich sagte doch, dass es keine gute Idee war.", murmelte Johann.

Innerhalb von Minuten klarte es wieder auf und die Sonne riss die Wolkendecke auf. Die beiden Archäologen und das Pärchen gingen zur Ruine. Der Blitzeinschlag hatte eine Treppe freigelegt, die in ein altes Gewölbe führte. Johann und Carl wurden an das Grab des Kreuzritters in der Bretagne erinnert, in dem sie vor ein paar Wochen waren. Sie schritten die Treppe hinunter und betraten das alte Gemäuer. Spinnweben hingen verteilt herum. Carl entdeckte eine am Boden liegende Fackel und entzündete sie mit seinem Feuerzeug. Das spärliche Licht erhellte die Kulisse nur geringfügig, aber ausreichend. Langsam und vorsichtig schlichen sie weiter, dicht gefolgt von Mia und Mark. Der Gang endete in einem runden Raum. In regelmäßigen Abständen steckten Fackeln in der Wand, die Carl nacheinander anzündete. Bei der letzten stolperte er und stieß gegen einen Hebel an der Mauer. Ein Knirschen und Ächzen erfüllte das Gewölbe. Metall schien aneinander zu reiben. An andere Stelle des Gemäuers offenbarte sich eine türgroße Öffnung. Sie folgten dem neu entstandenen Gang bis zum Ende und erreichten eine Halle. Hier entzündete Carl ebenfalls alle Fackeln. In Vertiefungen, die oben herum Bögen hatten, wie sie in alten Kirchenfenstern vorhanden waren, standen Statuen. Manche waren menschlich, andere erinnerten an Gargoyles. Mia zählte von den geflügelten Figuren zwölf. Sie strich bei einer mit der Hand über die Wange.

„Autsch!", schrie sie kurz. Sie hatte sich an einer rauen Stelle im Gesicht der Figur geschnitten. Ein wenig Blut tropfte aus ihrem Zeigefinger und verteilte sich auf dem Steingesicht, welches sofort darin versickerte.

„Oh oh...", entfuhr es ihr.

„Äh Leute? Was haltet ihr von Plan B?", fragte sie.

„Was ist Plan B?", antwortete Mark mit einer Gegenfrage.

„Öhm ... Rennen?", sagte die junge Hexe mit großen Augen.

Doch der Tipp kam zu spät. Ein Fallgitter verschloss den Ausgang. Sie saßen in der Falle.

Einer der Archäologiestudenten betrat das Zelt.

„Doktor Mertens, wir...oh...Mettbrötchen."

Dass der Altertumsforscher nicht vor Ort war, schien für den Mann zweitrangig zu sein. Er bediente sich an dem gedeckten Frühstückstisch. Erst beim Genuss des dritten Brötchens fiel ihm wieder ein, weshalb er hier war. Er schaute auf seine Uhr. Es kam ihm komisch vor, dass Carl Mertens und seine Gäste seit fast einer Stunde nicht auftauchten. Er verließ das Zelt und sah zu den parkenden Fahrzeugen hinüber. Der Mitsubishi des Doktors und der Dodge seiner Gäste standen nach wie vor an derselben Stelle. Er begab sich zu der Ruine und biss ein Stück des Mettbrötchens ab, als er die Treppe sichtete. Er zog seine Maglite - Taschenlampe aus dem Gürtel und entdeckte den unterirdischen Gang. Er folgte ihm. Es war stockfinster hier. Er vernahm den Geruch von brennenden Fackeln, aber die waren alle erloschen.

„Doktor Mertens.", rief er, bekam jedoch keine Antwort. Ein Rascheln hinter ihm ließ ihn aufhorchen. Er wurde von Angst befallen. Langsam drehte er sich um und sah eine große Gestalt vor sich, mit glühenden Augen. Etwas bewegte sich und er spürte einen brennenden Schmerz in der Bauchgegend. Dass er auf dem Boden wie ein nasser Sack aufschlug, bekam er nicht mehr mit.

Es war stockdunkel in der kleinen Halle. Mia murmelte etwas in einer den Archäologen unbekannten Sprache und ein heller Strahl verließ ihre Hand, welcher an der Decke zerplatzte und das Gewölbe wurde in ein diffuses Licht getaucht. In Kapuzenmänteln gehüllte Gestalten hatten sie umzingelt. Mark zog seinen silbernen Stockdegen. Er und seine Freundin waren verwundert darüber, dass diese Kreaturen auf sie zukamen, statt der Gargoyles. Die standen bewegungslos in den Nischen. Mia zählte elf. *Eine fehlt*, schoss es ihr durch den Kopf. Nun verschwanden schlagartig drei weitere.

„Hier stimmt was nicht.", murmelte sie.

„Oh...echt jetzt?", fragte ihr Großvater wenig überrascht.

„Das wäre mir jetzt ohne deine Information gar nicht aufgefallen.", fügte er genervt hinzu.

„*Befreie uns...*", erklang eine hallende Stimme. Sie schien von den geflügelten Statuen zu kommen. Mia sah sich um und sie merkte, wie die Figur an der sie sich verletzt hatte den Kopf in ihre Richtung bewegte.

„*Das Böse darf diesen Ort nicht verlassen. Befrei uns!*", forderte die Stimme erneut.

Mia fühlte, dass sie die Wahrheit sagte. Sie schlich zu der

Statue und sah sie sich genau an. An der Stelle, wo ihr Blut in den Stein eindrang, war Gestein abgebröckelt und menschliche Haut kam zum Vorschein. Sie berührte die Wange der Figur erneut. Sie war warm. Erinnerungen des Wesens wurden durch die Berührung auf Mia übertragen.

Vor 600 Jahren

Anfang des fünfzehnten Jahrhunderts fanden auf der Burg an der Nordseeküste schwarze Messen statt. Der Graf, dem der Landstrich gehörte, unterdrückte alle Menschen in der Region mit brutaler Härte. Es entwickelte sich unbändiger Hass gegen den Tyrannen und das Volk erhob sich. Der Graf schlug den Aufstand blutig nieder. Nachdem er über die Hälfte der Überlebenden bei lebendigem Leib verbrennen ließ, kehrte wieder Ruhe ein und das vorherige Treiben auf der Burg setzte sich fort. Seine Tochter verliebte sich in einen Dämon und gebar kurze Zeit später eine Nachkommin. Aus unbändiger Wut veranlasste der Tyrann darauf hin, dass sein Zögling lebendig eingemauert wurde. Ihr Kind wurde von dem Dämon gerettet. Er zog das Mädchen groß und gab ihr den Namen Daria. Sie entwickelte sich prächtig. An ihrem sechzehnten Geburtstag verwandelte sie sich im Morgengrauen in eine Statue. Als sie am darauffolgenden Abend erwachte, war nichts mehr, wie es war. Das Mädchen hatte Flügel, drei große Krallen an jeder Seite statt Füße. Aus ihrer Stirn wuchsen Hörner und sie trug spitze Ohren. Zum Schluss veränderte sich ihr Gebiss in das eines Vampirs. Was beide nicht wussten, der Graf hatte das Kind verflucht und sie damit in einen Gargoyle verwandelt. Sie schloss sich einer Gruppe weiterer Nachtwesen an und gemeinsam durchstreiften sie die Nacht und bekämpften Unrecht, wo es ihnen begegnete. Durch einen Zauber wurde ihr Vater in eine andere Dimension verbannt, aus der er vorerst nicht entkam. Nach seiner Rückkehr ließ der Graf die Gargoyles eines Tages allesamt entführen und sie in einer eigens dafür gebauten Gruft aufstellen. Er belegte sie mit einem Fluch, der erst gebrochen werden konnte, wenn jemand sie befreit. Um dies zu verhindern, beschwor er zwölf Dämonen herauf, die die Nachtwesen bewachen sollten. Diese erstarrten ebenfalls zu Stein. Um sicherzugehen, dass die Gargoyles nicht doch noch entkamen, ließ er ihnen schwere silberne Ketten anlegen. So blieben sie über die Jahrhunderte gefangen und vergessen.

Mia erwachte aus ihrer Trance und fing mit den Vorbereitungen an.

„Mark, ich brauch deine Hilfe.", sagte sie.

„Du willst doch nicht ernsthaft...", entgegnete er und wurde jäh von ihr unterbrochen.

„Doch! Ich werde es tun." Mit diesen Worten stellte die junge Hexe sich in die Mitte des Gewölbes. Sie sprach eine Formel und die schweren Ketten, die die Gargoyles in ihren Verliesen hielten, zersprangen in einem Funkenregen zu Millionen kleinster Krümel.

Von den Kapuzengestalten waren nur noch sechs in der Gruft. Die Zeit drängte.

Lange waren sie in dem unterirdischen Gewölbe gefangen und jetzt wurden sie befreit. Sie tauchten an verschiedenen Stellen in der Ausgrabungsstelle auf. Die Studenten verfielen in Panik, nachdem sie mit ansahen, wie zwei von ihnen bestialisch von den Wächterdämonen getötet wurden.

Johann und Carl fanden die Zeit, sich ein wenig zu unterhalten.

„Was ist eigentlich mit deinem Laden. Was meintest du am Telefon mit Schrott?", fragte der Hüne den Professor.

„Erinnerst du dich an das Grab des Pierre de Bretagne, die Krypta unter dem Friedhof?"

„Ja, auch an das geflügelte Mädchen."

„Süßes Ding, ich weiß.", schwärmte er. Schnell kam Johann zum eigentlichen Thema zurück.

„Die Templer aus dem Grab sind ebenfalls zurück. Pierre de Bretagne hat sich in meinem Laden mit einer von Asmodeus Töchtern duelliert und das Wesen aus der Gruft hat uns gerettet. Jonas, Yakup und ich wären ohne die beiden tot."[1]

„Und dein Geschäft?"

„Existiert nicht mehr. Bei dem Kampf wurde alles zerstört. Die Ritter bauen in Tempeldorf gerade eine neue Komturei auf. Somit haben wir wenigstens einen Außenposten gegen die Mächte der Finsternis vor Ort."

Carl kam aus dem Staunen nicht mehr raus.

„Na dann ist bei euch ja richtig was los."

„Allerdings. Der Junge dort ist der Freund meiner Enkelin. Als er damals im Laden auftauchte, war er ein kleiner Student, der sich anhand eines Fotos in Mia verliebte. Sie verschwan-

---

[1]   „Dämmerung – Showdown an der Ostsee"

den nach Avalon und nun ist er ein Hexer. Keine Ahnung, wie die das gemacht haben, aber ein paar Tage später kamen sie zurück. Er gereift und mit Kinnbart, naja ... bei ihr siehst du es ja selbst."

„Seid ihr bald mal fertig mit eurem Kaffeekränzchen? Wir müssen hier langsam raus.", nörgelte die junge Hexe. Mark gelang es indes, die übrig gebliebenen sechs Dämonen zu vernichten. Mia schwebte unterdessen im Schneidersitz umgeben von schwebenden Kerzen und murmelte Beschwörungen in einer unbekannten Sprache. Mark unterstützte sie in ihrem Vorhaben mit übersinnlicher Hilfe. Zuerst erwachte der Gargoyle, den Mia berührt hatte. Jetzt folgten die anderen. Wie spröder Gips fiel die Steinhaut von ihren Körpern. Die Geschöpfe stellten mit erstaunen fest, dass sie von den Ketten befreit waren. Sie reckten und streckten sich. Sie waren glücklich, sich nach Jahrhunderten wieder bewegen zu können. Erschöpft sank Mia zu Boden und wurde bewusstlos. Das Wesen, mit dem die Hexe Kontakt aufgenommen hatte, beugte sich zu Mia hinunter. Es gab ihr durch Handauflegen ihre geopferte Kraft zurück. Mark erkannte, dass es weiblich war.

Mia erwachte und schaute hoch.

„Daria?", fragte sie.

„Ja. Ich danke Euch für unsere Rettung. Aber noch sind einige von den Dämonen da, die wir vernichten müssen."

Mit diesen Worten erhob sie sich, half Mia auf die Beine und zeigte zum Fallgitter. Einer ihrer Gefährten stapfte darauf zu, riss es samt Verankerung aus der Wand und warf es ins Innere des Gewölbes, welches Jahrhunderte ihr Gefängnis war. Der Weg war frei. Ohne zu zögern, verließ er das Gewölbe, stellte sich in den Gang und brüllte. Es war ein schauriges tiefes Grollen. Die anderen folgten ihm. Nahe dem Ausgang fand der Gargoyle ein angebissenes Mettbrötchen. Er roch daran.

„Riecht gut.", sagte er und mampfte es genüsslich auf.

„Und schmeckt gut."

Die Leiche am Boden übersah er.

Zwei Studentinnen hatten sich in einer der Grabungsstellen verkrochen. Sie hörten die entsetzlichen Schreie der anderen, die gerade von den Dämonen getötet wurden. Aus heiterem Himmel ertönte ein animalischer Schrei, wie der eines wütenden Grizzlys, nur dumpfer. Die beiden Mädchen wagten einen Blick über den Rand der Grube und wie aus dem Nichts tauchten geflügelte Kreaturen auf, die mit den Dämonen kurzen Prozess machten. War der Horror endlich vorbei? Als sie Doktor Mertens und seine Gäste sahen, wie sie aus dem Gewölbe traten, erhoben sie sich. Zwölf gruselige Kreaturen umzingelten die beiden Mädchen. Sie bekamen wieder Angst und schlossen ihre Augen.

„Bitte macht es schnell und schmerzlos.", stammelte die eine. Ein leichtes Tippen auf ihrer Schulter veranlasste sie zum Öffnen der Augen. Vor ihr stand ein riesiges Wesen. Muskulös, über zwei Meter groß, gewaltige Schwingen, Hörner an der Stirn, rotglühende Augen und lange Haare.

„Was sollen wir schnell und schmerzlos machen?", fragte die Kreatur das Mädchen irritiert.

Johann und Carl zählten die Toten. Es war grauenvoll. Von den zwanzig Studenten waren sechzehn tot und zwei vermisst. Einige von ihnen waren regelrecht zerfetzt. Daria war es gelungen, eine menschliche Form anzunehmen. Die anderen übten es und nach einigen Versuchen gelang es ihnen ebenfalls.

„Wie kann das sein?", fragte das Mädchen, das eben noch ein Monster war.

„Ein bisschen Magie.", antwortete Mia stolz grinsend.

„Aber das Sonnenlicht. Warum werden wir nicht zu Stein?"

„Diesen Teil des Fluchs konnte ich aufheben. Die anderen werde mit der Zeit wahrscheinlich für immer zu Menschen werden. Bei dir sieht es anders aus, da dein Vater ein Dämon war. Wer war er eigentlich?"

Daria reagierte nicht auf die Frage und half den anderen beim Einsammeln der Leichen. Sie legten alle in den Vorraum der Ruine.

Der Hüne hatte sich ebenfalls in einen Menschen verwandelt und schaute die beiden Mädchen an. Die eine stand immer noch stocksteif mit geschlossenen Augen da.

„Sonja, Augen auf.", sagte die junge Frau lachend zu ihrer Freundin und stupste ihr mit dem Ellenbogen in die Rippen. Langsam kam sie dem nach.

„Ist es vorbei?", fragte sie zaghaft.

„Ja. Ihr seid in Sicherheit.", antwortete der Hüne. Das andere Mädchen himmelte ihn förmlich an, welches ihm unangenehm war. Er kannte so etwas seit Jahrhunderten nicht mehr. Dennoch fühlte er sich von ihr auf wundersame Weise angezogen.

Daria kam auf Mia zu und sagte:

„Irgendwo in dieser Ruine muss meine Mutter sein. Ich möchte, dass sie ein würdevolles Grab bekommt. Hilfst du mir sie zu suchen?"

26

Mia nickte und die beiden gingen zu der Treppe zurück. Mark schloss sich ihnen an. Gemeinsam betraten sie erneut das Gewölbe.

Sie kamen an den Leichen der Studenten vorbei. Daria verharrte kurz und sah zu den Toten hinunter.

„Schrecklich. Sie waren noch so jung ...“, flüsterte sie betroffen. Nach einer Weile setzten die drei ihren Weg fort.

Nach kurzer Zeit erreichten sie einen Nebengang, der an einer Wand endete. Mia entdecke okkulte Schriftzeichen an der Mauer.

„Hier wollte aber einer sicher gehen, dass sich nichts und niemand befreien kann.“, sagte sie. Sie hatten die Kammer der Grafentochter gefunden.

„Mein Großvater war ein tyrannisches Scheusal. Kaltblütig und brutal. Aber wenn es um ihn selbst ging, war er der größte Feigling, den man sich vorstellen kann.“, sagte das Gargoylemädchen.

Mark und Mia zerstörten die Wand mit gemeinsamer Kraft und neutralisierten die Symbole. Dahinter verbarg sich ein muffiger nach Moder riechender Hohlraum. An der gegenüber liegenden Wand hing ein angekettetes Skelett. Es waren die sterblichen Überreste von Darias Mutter. Von ihrem Kleid waren nur kleine Stücke vorhanden. Der Zahn der Zeit hatte den Rest vernichtet. Daria betrat die Totenstätte und befreite das Gerippe von den Ketten. Dabei zerfiel es in Einzelteile. Mia teleportierte Daria und das Skelett zu einem kleinen Friedhof, wo sie die sterblichen Überreste begruben. Sie formte aus einem Findling einen Grabstein und brannte eine Inschrift ein:

,Hier ruht die Tochter des Grafen'

Danach kehrten sie an die Ruine bei St. Peter-Ording zurück. Mark und Mia zerstörten die gesamte Grabungsstätte. Nichts erinnerte mehr daran. Sie würden das Gerücht verbreiten, dass die Flut die Studenten geholt hatte, und es keine Chance gab sie zu retten. Der Hüne und Cassandra, eine der überlebenden Studentinnen, verabschiedeten sich voneinander.

„Werde ich dich wieder sehen?“, fragte sie ihn. Er nickte und lächelte. Mia bekam das mit und dachte, *da bahnt sich etwas an.* Sie drehte sich lächelnd zu den anderen um. Carl nahm die beiden Studentinnen mit zurück nach Kiel. Die Gargoyles zogen ihrer Wege, nur Daria blieb einen Moment und bedankte sich nochmals bei Mia und den anderen.

„Mein Vater hieß Caldor.“, sagte sie.

„Die Antwort war ich dir noch schuldig.“

Lächelnd verwandelte sie sich in ihre alte Gestalt und flog über die Nordsee davon, ihren Freunden hinterher.

„Und was machen wir jetzt mit diesem angebrochenen Tag?", fragte Johann.

„Mittagessen beim Griechen könnte mir gefallen.", antwortete Mark.

„Du und dein Magen seid die besten Freunde, stimmts?", fragte seine Freundin ihn.

„Och, das kannst du so nicht sagen.", erwiderte er. Sie lachten, setzten sich ins Auto und fuhren davon.

Gegenwart

„Nun kennst du die ganze Wahrheit, mein Großer.", sagte Mia.

Caldor sah die junge Hexe dankbar an. Er ging ein Stück Richtung Wiese, die zwischen der Komturei und dem kleinen Friedhof lag und pflückte einige Blumen. Er machte daraus einen kleinen Straus und legte ihn vor den Findling. Ein einzelnes Gänseblümchen hatte er über behalten und reichte es Mia.

„Ein kleines Dankeschön. Du hast es dir verdient.", sagte er leise. Mia lächelte und zusammen gingen sie zur Festung zurück.

„Werde ich Daria wiedersehen und ... weiß sie, das ich noch lebe?", fragte der Dämon sie.

„Sie und ihre Gefährten sind bei Myrddin in Avalon und werden von ihm unterrichtet. Wenn sie es für richtig hält und soweit ist, wird sie sich bestimmt bei dir melden. Aber noch ist sie nicht bereit. Die sechshundert Jahre dort unten haben sie traumatisiert und sie ist schüchtern und verängstigt. Außerdem hat sie Angst.", erwiderte Mia.

„Angst? Vor mir? Aber warum?"

„Nicht vor dir, sondern vor eurer Begegnung." Die junge Hexe schwieg einen Moment.

„Gib ihr einfach etwas Zeit. Ihr wart sechshundert Jahre voneinander getrennt, da kommt es auf ein paar Jahre doch nicht an.", sagte sie.

„Einfach ein bisschen Geduld haben.", fügte sie hinzu. Caldor sah sie grinsend an.

„Eine meiner leichtesten Übungen. Ich bin so geduldig wie ein kleines Menschenkind vor der Bescherung."

ENDE

Der Seelenjäger

I. Der Bestatter

Langsam fuhr der alte Leichenwagen die Straße in der Wohnsiedlung entlang. Ein Rentnerpaar sah dem Mercedes aus den 70er Jahren mit schaudern misstrauisch hinterher. Die abgedunkelten Scheiben verhinderten es, den Fahrer zu erkennen. Das Paar sah sich kurz an, dann wieder nach vorn und das Auto war wie vom Erdboden verschluckt. Ein ungutes Gefühl beschlich die beiden und sie bekamen Gänsehaut.

„Herrmann. Caro, Cora und Grete hatten vorgestern von so einem alten Leichenwagen erzählt, der auch plötzlich verschwunden war. Nun sind sie nicht mehr unter uns.", sagte sie mit aufgewühlter Stimme und Tränen in den Augen. Der Tod ihrer Enkelkinder und der ihrer Freundin ging dem alten Ehepaar sehr nahe. Nur Hermann tat so, als würde es ihn nicht sonderlich berühren. Er winkte ab und schob seinen Rollator vorwärts.

„Hildegard, du immer mit deinen Schauergeschichten. Du solltest echt mal deine Medikamente wechseln und einen anderen TV-Sender anschauen.", antwortete er. Ohne auf das Thema weiter einzugehen, lenkte er seinen Rollator nach rechts auf die Grundstücksausfahrt seines Hauses. Im Gegensatz zu seiner Frau verschwendete er keinen weiteren Gedanken an den alten Leichenwagen.

Der Sonnenaufgang war schon vorangeschritten und verdrängte die Dunkelheit. Eigentlich war in Kellinghusen um diese Zeit immer tote Hose, außer an diesem Morgen. Seit in der Wiesengrundhalle vor einigen Monaten nach einer Trödelmarktveranstaltung ein abgetrennter Kopf gefunden wurde, der niemandem zugeordnet werden konnte, war in der Kleinstadt in Schleswig-Holstein nichts Spannendes passiert.

Vor einem Einfamilienhaus standen zwei Rettungswagen, Polizei und Feuerwehr. Die Fahrzeuge mit den eingeschalteten

Blaulichtern blockierten die Hauptstraße auf Höhe eines Discounters. Marilyn Shrawo hatte eigentlich nur vor Brötchen zu holen und entschied sich dann doch, zum Supermarkt in die andere Richtung zu gehen. Sich dem Kollektiv der Schaulustigen anschließen lag ihr fern. So was war ihr zuwider. In der Bäckerei angekommen, hörte sie, wie sich zwei Frauen unterhielten.

„Hast du das schon mitbekommen? Die haben da eben Hildegard und Herrmann Bretthausen aus ihrem Haus geholt. Er soll erst seine Frau und dann sich umgebracht haben.", erzählte die eine ganz aufgeregt.

„Das ist ja schrecklich.", antwortete die andere. Dann mischte sich ein älterer Mann in das Gespräch ein.

„Nein, meine Dame. Da hat man Ihnen einen Bären aufgebunden. Die haben beide Selbstmord begangen. Genauso wie Grete Klausen vorgestern und die beiden Schwestern oben am Ortsausgang. Aber egal, merkwürdig ist das schon. Fünf Selbstmorde in drei Tagen ..."

Marilyn bezahlte eilig die Brötchen, verstaute sie in ihrer Tasche und verließ das Geschäft. Vor dem Gebäude holte sie ihr Smartphone raus und wählte die Nummer ihres Freundes John Craven. Beim dritten Freizeichen nahm er das Gespräch an. Nach einer kurzen Begrüßung kam sie gleich auf den Punkt.

„Du sag mal, hast du noch Kontakt zu Ariel, der Freundin von dem Polizisten?"

„Ja habe ich. Worum geht es?"

„Hier in diesem Kaff geschehen komische Dinge. Fünf Selbstmorde innerhalb von drei Tagen. Die letzten beiden wurden vor ungefähr einer Stunde entdeckt. Das könnte doch was für Kommissar Hübner und seine Sondereinheit sein. Ich habe das Gefühl, dass es sich nicht um normale Suizide handelt."

„Ok, danke dir Marilyn. Ich werde es weitergeben." Im Hintergrund hörte sie eine verschlafene Frauenstimme.

„Hast du schon wieder Frauenbesuch?", fragte Marilyn und lachte.

„Lass das meine Braut nicht hören.", sagte John. Das Klatschen einer flachen Hand auf nackter Haut und ein lautes ‚Arschloch!', der Frauenstimme im Hintergrund, sowie ihr Gelächter darauf zeugte von guter Stimmung. Marilyn lachte ebenfalls.

„Grüß Anya von mir.", gab sie schmunzelnd zurück und verabschiedete sich von ihm.

Marilyns Neugierde war geweckt. Sie vermutete da etwas anderes hinter, statt einer Reihe zufälliger Selbstmorde. Hätte sie zu diesem Zeitpunkt geahnt, wie recht sie mit ihrem Verdacht hatte, wäre sie an besagtem Morgen nicht zum Brötchen holen gegangen.

Die Abteilung für paranormale Fälle, kurz APF, wurde eine Woche nach den Ereignissen auf Fehmarn und dem Festland neu gegründet. Die Leitung hatten Jonas Drake und Yakup Melek. Die beiden waren auch seitdem wieder im aktiven Polizeidienst. Offiziell zählten sie zur Mordkommission. An diesem Montag Morgen saßen sie im Büro und ließen sich gerade von Julia Braun, ihrer gemeinsamen Sekretärin, den Kaffee bringen. Sie genossen die schwarze Brühe und wurden beim Relaxen von Nick Hübner gestört.

„Guten Morgen, Gebrüder Schlafmütz. Ich habe euch was mitgebracht.", begrüßte er die beiden grinsend und packte ihnen einen Aktenstapel auf den Schreibtisch.

„Oh welch Freude. Wir haben uns auch total nach Papierkram bestaunen gesehnt.", gab Jonas ironisch zurück.

„Das weiß ich doch, aber bedankt euch nicht bei mir, sondern bei eurem Freund John Craven. Der ließ sich darüber stolpern."

„Hä?"

„Naja, er wurde von einer Freundin bei seiner Morgengymnastik mit Anya unterbrochen und hat prompt dafür gesorgt, dass ich den Aktenkram per Kurier aus Kellinghusen bekam."

„Und worum geht es?"

„Eine Reihe ungeklärter Selbstmorde."

„Äh...das passiert doch häufig und ist leider nicht ungewöhnlich.", mischte Yakup sich ein.

„Im Prinzip wäre ich ja eurer Meinung, aber bei fünf Toten innerhalb drei Tagen in ein und demselben Ort, sehe auch ich das etwas anders." Dem konnten Jonas und Yakup nichts entgegensetzen.

„Und warum hat sich darum noch keiner gekümmert? Sollte ja wohl nicht so schwer sein, ein paar Selbstmorde abzuheften.", nörgelte Jonas.

„Siehst du, dafür habe ich ja euch.", erwiderte ihr langjähriger Freund und Kollege. Nick war im Begriff das Büro zu verlassen, da kehrte er um und legte Jonas ein schwarzes kleines Kästchen auf seinen Schreibtisch.

„Das ist jetzt aber kein unmoralisches Angebot, oder?"

„Nein Cheri, ein Antrag.", säuselte Nick und verließ Augenklimpernd sowie mit dem Hintern wackelnd das Büro.

„Äh ... hat Ariel ihm den Laufpass gegeben? Läuft da was zwischen ... euch?", fragte Yakup entsetzt.

„Alter, war eines deiner Nutellabrote heute Morgen schlecht?", gab Jonas kopfschüttelnd zurück. Er öffnete die Schatulle und holte einen Autoschlüssel hervor und hob ihn hoch.

„Das ist der Schlüssel von meinem neuen Dienstwagen, du Depp.", erklärte er seinem Freund und Kollegen.

Das Telefon klingelte und Jonas hob den Hörer ab.

„Kriminalpolizei Itzehoe, Mordkommission.", meldete er sich.

„Das hast du aber schön aufgesagt, Schatz. Musstest du lange dafür üben?", erklang die Stimme seiner Frau Yasmina.

„Oh Schatz, was würde ich ohne dein Gefrotzel am frühen Morgen bloß machen. Ich glaube, ich wäre verloren." Sie lachte und wurde etwas ernster.

„Hast du schon von den Selbstmorden in Kellinghusen gehört? Heftig. Sechs in drei Tagen."

„Erstens, woher weißt du davon und es sind nicht sechs, sondern fünf."

„Nein, sechs. Eine Freundin hat mich darüber informiert, dass vor einer halben Stunde noch eine Leiche gefunden wurde, deren Selbstmord allerdings ein paar Tage länger zurückliegt."

Jonas überlegte einen Moment und sagte dann:

„Okay, ich komme heute Mittag nicht zum Essen nach Hause und...", weiter kam er nicht, da das Gespräch plötzlich beendet war. Er schaute auf den Hörer und sah zu Yakup rüber.

„Scheint ein Funkloch zu sein. Komm Alter, wir sollten mal nach Kellinghusen fahren. Ruf Honk an, er soll mit seinem Team hinfahren." Die Luft fing an zu flimmern und Yasmina stand breit grinsend im Raum.

„Da steht dein Funkloch.", bemerkte Yakup amüsiert.

„Honk weiß schon Bescheid. Ich habs ihm gesagt.", sagte Yasmina mit dem Finger auf der Tischplatte drehend.

„Können wir los?"

„Würde es etwas bringen, dich davon zu überzeugen, hierzubleiben?", stellte er die Gegenfrage an seine Frau.

„Kann ich mir nicht vorstellen!", erwiderte sie frech.

„Warum war mir das von vornherein klar?", murmelte er kopfschüttelnd.

Yakup haute seinem Freund und Kollegen auf die Schulter und verließ lachend das Büro.

Auf der Fahrt nach Kellinghusen meuterte Yasmina darüber, dass Jonas sie immer versuchte von Einsätzen fernzuhalten.

„Schatz, gewöhne dich endlich daran, dass ich die Polizeiausbildung in nur drei Wochen absolviert habe und für die Beförderungen bis hin zur Kommissarin nur weitere sechs Wochen benötigt habe. Darf ich dich daran erinnern, dass das vor mir noch keiner geschafft hat?"

„Darf ich dich daran erinnern, dass du auch die einzige bist, die es in so kurzer Zeit geschafft hat einundzwanzig Einsatz- und Dienstwagen zu schrotten, ein Polizeigebäude abzufackeln, sechs Kollegen beim Training in die Reha zu befördern, bei Einsätzen mehr Leichen zu hinterlassen als Billy The Kid und das wir ohne Mias magische Künste alle drei im Knast sitzen würden?", gab Jonas schroff zurück.

„Schatz, nun sei mal nicht so kleinlich.", antwortete Yasmina kleinlaut.

„Also echt jetzt. Du bist aber auch zimperlich in letzter Zeit.", gab Yakup seinen Senf dazu. Jonas sah seinen Freund durchdringend und böse an.

„Jetzt weiß ich warum mein Schatz nicht seinen, sondern deinen Dienstwagen nehmen wollte."

„Warum?", fragten die beiden synchron.

„Damit man dein Blut nicht auf den hellen Sitzen sieht, Yakup.", antwortete Yasmina lachend.

„Schnauze!", sagten beide erneut gleichzeitig. Das Ortsschild verriet dem Trio, dass sie ihr Ziel erreicht hatten. Um die Polizeistation zu erreichen, mussten sie fast den ganzen südlichen Teil der Stadt durchqueren. Das Navi lenkte sie direkt dorthin. Sie fuhren zur Rückseite des Gebäudes. Am Hintereingang stand ein Streifenwagen, ansonsten war der Parkplatz leer.

„Geisterstadt-Feeling.", sagte Yasmina.

„Arbeitet hier nur der Hausmeister?", fragte Yakup.

„Keine Ahnung.", erwiderte Jonas und sah an der dreistöckigen Fassade hoch. Er winkte seinen Begleitern zu und meinte:

„Machen wir es offiziell und gehen vorne rein." Sie umrundeten das Gebäude und klingelten an der Tür. Nach dem dritten Betätigen der Türglocke wurde geöffnet.

„Na endlich!", brummelte Jonas.

„Wenn die Jungs hier so arbeiten wie ihr beiden, wundert mich das Tempo nicht wirklich.", äußerte Yasmina sich. Ihr Mann drehte den Kopf und sah ihr in die Augen.

„Dünnes Eis, Schatz! Ganz dünnes Eis!", knirschte er. Die Orientalin wurde rot und lächelte verlegen. Jonas schaffte es einfach nicht, seiner Frau böse zu sein, und gab ihr einen Klaps auf den Hintern.

„Und ab hier wird es dienstlich, also benimm dich bitte professionell."

Thorsten Berger drückte den Summer, als er die drei Personen vor dem Eingang der Polizeistation bemerkte. Als sie den Vorraum betraten und auf den Tresen zusteuerten, fielen ihm fast die Augen aus dem Kopf. Die junge Orientalin sah umwerfend aus in ihren schwarzen Lederklamotten. Figurbetont und wie eine zweite Haut machten die Kleidungsstücke jede Bewegung mit. Unter der offenen Lederjacke trug sie ein T-Shirt der norwegischen Black-Metal-Band Dimmu Borgir. Der Griff einer Pistole schaute an der linken Hüfte nach vorn unter der Jacke hervor. Das jugendliche Gesicht der jungen Frau war absolut symmetrisch, fast zu perfekt, um wahr zu sein. Ihre dunklen, nahezu schwarzen Augen und die Kajalumrandung erinnerten ihn an die Frauen aus den Pharaonenzeiten, wie man sie in Dokus und auf Bildern in Geschichtsbüchern häufig sah. Die hüftlangen, schwarzen lockigen Haare rundeten die perfekte Erscheinung ab. Er schätzte sie auf höchstens fünfundzwanzig Jahre und konnte sich nicht erinnern, jemals eine so hübsche Frau in dieser Stadt gesehen zu haben. Die drei zogen ihre Dienstausweise und der bärtige Mann mit dem Kutschermantel stellte sie vor.

„Guten Morgen. Ich bin Kriminalhauptkommissar Jonas Drake, mein Kollege Kriminalhauptkommissar Yakup Melek, und meine Kollegin Kriminaloberkommissarin Yasmina Drake, Kripo Itzehoe. Wir sind wegen der Selbstmordfälle hier."

„Willkommen bei der Polizei Berger. Ich bin Polizeikommissar Thorsten Kellinghusen.", stammelte er abwesend und unkonzentriert, mit dem Blick auf die junge Frau gerichtet.

„Ah, ein Wechstabenverbuchsler. Besonders selten diese Gattung.", sagte Yasmina spöttisch. Erst jetzt wurde dem Polizisten am Tresen bewusst, was er für einen Kauderwelsch geredet hatte, wurde rot und klatschte sich mit der flachen Hand an die Stirn.

„Sorry."

Die drei schmunzelten und Jonas ergriff das Wort.

„Ist schon ok, Herr Berger. Wo finden wir denn den zuständigen Kollegen, der diesen Fall bearbeitet? Ach übrigens, eine kleine Info am Rande: Wir haben nicht umsonst den gleichen Nachnamen." Er deutete mit dem Daumen auf sich und Yasmina. Der Polizist am Tresen schaute etwas verlegen und ging nur auf die Frage von Jonas ein.

„Der befindet sich noch am Fundort der letzten Leiche, aber wir haben den Fall bereits an EKHK Hübner in Itzehoe abgegeben. Ich nehme an, Sie sind seine Mitarbeiter?"

„Jap. Geben Sie dem leitenden Beamten Bescheid, dass wir zum Fundort fahren. Übrigens, veranlassen Sie bitte die Überführung der Leichen zur Rechtsmedizin in Kiel."

Der Polizist schob dem Hauptkommissar einen Zettel mit der Adresse des Fundortes zu.

„Mach ich. Hier finden Sie die Kollegen."

„Ich danke Ihnen. Bis zum nächsten Mal.", erwiderte Jonas.

„Gerne...", hauchte Thorsten Berger immer noch fasziniert von der jungen Polizistin. Er starrte auf ihren strammen Hintern und dachte sich *,Was eine heiße Frau.'*.

,Nur angucken, nicht anfassen.', hörte er leicht hallend eine Frauenstimme in seinem Kopf.

„Das gibt es doch nicht.", flüsterte er. Bevor Yasmina die Tür hinter sich schloss, drehte sie ihren Kopf in seine Richtung und lächelte den jungen Polizisten mit einem Auge zwinkernd an.

2. Rätselhafte Tode

Auf dem Weg zum Auto fragte Jonas seine Frau:

„Muss ich mir jetzt Sorgen machen?"

„Was?"

„Naja, das Geflirte war ja unübersehbar. Man konnte die Hormone ja schon umstoßen, so dichtgereiht wie die im Raum standen." Yasmina schaute ihren Mann leicht verärgert an.

„Lass mich raten. Du hast noch nie einer Frau hinterher geguckt?" „Doch, aber nicht seit ich mit dir zusammen bin."

„Grade nochmal die Kurve gekriegt, mein Lieber.", sagte sie grinsend.

„Ich gebs auf!", resignierte er.

„Wurde auch Zeit.", gab sie zurück.

„Könntet ihr euch jetzt mal zusammenreißen und wie Erwachsene benehmen? Wir sind im Einsatz und nicht auf einer Familienfeier!", meuterte Yakup.

„Aber er hat angefangen.", stichelte Yasmina und grinste. Der Türke rollte mit den Augen und schüttelte mit dem Kopf.

„Wie kleine Kinder...", grummelte er. Stille. Zum ersten Mal seit Ewigkeiten kam kein Gegenkommentar und das genoss der große Türke.

Nach etwa fünfzehn Minuten hatten sie ihr Ziel erreicht. Yakup fuhr zwischen den Einsatzfahrzeugen durch und parkte hinter dem Leichenwagen, in den soeben der Tote aus dem Haus verstaut wurde. Yasmina ging direkt auf den Bestatter zu, zeigte ihren Dienstausweis und stellte sich vor.

„Bringen Sie den Toten bitte nach Kiel in die Rechtsmedizin."

„Und warum?"

„Weil ich das sage!"

Ihr kam der Bestatter unheimlich vor. Irgendwas stimmte nicht mit dem hageren Mann, das spürte sie. Dann drehte sie sich um und ging durch den gepflegten Vorgarten zum Hauseingang. Sie hörte Jonas aus der Küche, wo er sich mit einem anderen Mann unterhielt. Diese lag rechts von der Haustür. Auf dem Boden sah sie zwei große Blutlachen.

„Kannst du dem Bestatter noch schnell sagen, dass er die Leiche nach Kiel bringen soll?", fragte Jonas.

„Schon erledigt.", gab sie leise zurück und schaute sich um. Ihre Nackenhaare stellten sich hoch. Ein komisches Gefühl beschlich sie, genau wie eben draußen. Sie sah kurz ihrem Mann in die Augen und schickte ihm telepathisch eine Nachricht:

Hier stimmt was nicht, Schatz!

Ich weiß, aber darüber reden wir später., antwortete er.

„Was haben Ihre bisherigen Untersuchungen ergeben?", fragte Jonas den Polizeioberkommissar. Der zupfte an seiner Uniformjacke.

„Genau wie bei den anderen Toten: Suizid.", gab er knapp zurück.

„Ich schicke Ihnen den vorläufigen Bericht und die Zeugenaussagen später per E-Mail.", fügte er hinzu. Yasmina sah es dem Polizisten an, dass ihm die Fälle an die Nieren gingen. Yakup fotografierte den Fundort für die Beweisaufnahme und stieß auf einen Stofffetzen, den er mit einem Kugelschreiber aufhob und in eine Plastiktüte steckte.

„Na wie ich sehe, seid ihr ja schon mitten drin.", erklang eine männliche Stimme vom Flur aus. Die drei drehten sich um.

„Moin Honk, sicherst du hier bitte alle Spuren, die du finden kannst und übernimmst die anderen Fundorte? Die Kollegen hier sind dir bestimmt gerne behilflich.", sagte Yasmina zum Rechtsmediziner im Ganzkörperkondom.

„Ja, kein Problem. Berichte habt ihr morgen Mittag auf dem Schreibtisch.", erwiderte er und machte sich umgehend an die Arbeit. Jonas und Yakup sahen sich ungläubig an und schauten dann zu Yasmina. Sie zuckte mit den Schultern, grinste über beide Ohren und verließ das Haus. Ihr Mann und der große Türke folgten ihr. Kurz bevor sie am Auto ankamen, fragte Jonas sie.

„Sag mal, was hast du denn mit Honk gemacht? Der frisst

dir ja aus der Hand."

„Betriebsgeheimnis.", erwiderte sie schelmisch lächelnd.

„Yakup, darf ich fahren?", fragte das Mädchen.

„Aber nicht wie auf der Polizeischule oder so."

„Aber nicht doch, du kennst mich doch."

„Eben drum.", antwortete er und warf ihr den Schlüssel seines schwarzen Mercedes zu.

Wie versprochen lagen am nächsten Mittag die Untersuchungsberichte auf den Schreibtischen der drei. Yasmina blätterte sie in einem Ruck durch und erwähnte beiläufig, dass es nur die Vorabberichte über fünf Tote waren.

„Wie jetzt, nur fünf? Welcher fehlt?", fragte Jonas und suchte weiter.

„Der Bericht über den Toten von gestern. Die Leiche kam nie in Kiel an."

Yakup und Yasminas Mann schauten sie fragend an. Sie runzelte die Stirn, hob die Hand und schnippte mit den Fingern.

„Der Bestatter kam mir komisch vor. Etwas stimmte nicht mit ihm. Ich muss da mal eben etwas checken.", sagte sie und verließ eilig das Büro. In diesem Moment klingelte das Telefon. Jonas nahm den Hörer ab.

„Drake."

„Mahlzeit, Honk hier. Die vorläufigen Berichte habt ihr ja bestimmt schon bekommen. Den für den sechsten konnte ich nicht anfertigen, da die Leiche nie in Kiel angekommen ist."

„Mahlzeit. Ja, ich weiß."

„Das ist aber noch nicht alles. Die anderen fünf sind heute Nacht aus der Pathologie verschwunden."

„Du veräppelst mich doch."

„Nein. Auch die persönlichen Sachen, die noch bei den Leichen waren sind weg."

„Aber wie konntest du dann die Berichte erstellen, und das so schnell?"

„Anhand der Bilder, Aussagen und bei den Bretthausens war ich ja direkt am Fundort."

„Oh, davon wusste ich nichts. Wie kam das?"

„Naja, ich wohne in dem Kaff, war auf dem Weg zur Arbeit und da habe ich an dem Haus angehalten und mich bei den Kollegen vorgestellt und erkundigt. Die haben mich gefragt, ob ich das übernehmen könne."

„Und gab es irgendwelche Auffälligkeiten?"

„Allerdings. Das Blut, was ihr bei Lutz Gabler in der Küche gesehen habt, war nicht von ihm. Es war mindestens vier Tage älter, als der Todeszeitpunkt des Mannes zurücklag. Auf dem Stuhl starb demnach ungefähr vier Tage zuvor jemand anders."

„Aber der hatte sich doch die Pulsadern aufgeschnitten."

„Nein. Das geschah post mortem. Wahrscheinlich um einen Mord zu vertuschen."

Jonas schluckte hart. Er kam gar nicht dazu, sich Gedanken darüber zu machen, was da wirklich passiert ist, da fuhr Honk schon fort.

„Die DNA des Blutes ist stark verunreinigt. Ich habe Spuren von mindestens drei Personen gefunden. Die Untersuchungsergebnisse kann ich dir mitteilen, wenn ich den Laborbericht habe."

„Da wage ich ja kaum zu fragen, was du bei den Bretthausens entdeckt hast."

„Ja das ist mindestens genauso mysteriös. Die haben sich zwar selbst die Schlingen um den Hals gelegt und sind vom Stuhl gehüpft, aber es scheint so, als hätte jemand nachgeholfen, um sicherzugehen, dass sie wirklich tot sind."

„Also suchen wir einen Mörder von Selbstmördern?"

„Sieht so aus, denn wir haben Hautpartikel gefunden, die nicht zu den Toten gehören." Nach einer kurzen Pause fügte er hinzu:

„Laut Labor gehören sie zu einem circa fünfundachtzigjährigen Mann, der seit über vierzig Jahren tot ist."

Das war für Jonas und Yakup, der alles mitgehört hatte, wie ein Schlag in die Magengrube.

„Scheiße ... und jetzt suchen wir nach einem Zombie?", fragte Yasmina, die unbemerkt ins Büro zurückgekommen war.

„Meines Wissens nach sind Zombies weder in der Lage zu denken, noch könnten sie so präzise vorgehen. Aber das herauszufinden ist eure Sache. Ich melde mich wieder, wenn die Laborergebnisse da sind.", sagte er und legte auf.

Nach allem, was Yakup und Jonas schon erlebt hatten, war dieser Fall eine Nummer für sich. Yasmina saß an ihrem Schreibtisch und schaute zu den beiden Männern rüber, ohne ein Wort zu sagen. Dann fragte Jonas sie:

„Und was musstest du so Dringendes checken?"

Sie wedelte mit einem Zettel.

„Der Bestatter gestern kam mir komisch vor. Der wirkte blass und irgendwie zu klapperig für einen seines Fachs. Außerdem ist mir sein alter Mercedes Leichenwagen aufgefallen. Er hatte noch die alten Kennzeichen, also die vor dem Eurokennzeichen."

„Und hast du etwas rausgefunden?"

„Jap. Der Wagen ist auf eine Firma Töngens zugelassen.

Aber dieses Unternehmen wurde Ende 1979 abgemeldet, nachdem der Chef mit seiner Frau und seinen drei Kindern vor zweiundvierzig Jahren bei einem Autounfall ums Leben kamen."

„Und was war das für ein Leichenwagen, den du gesehen hast?"

„Genau derselbe, der hier schon öfter und vor allem in der Nähe der angeblichen Selbstmörder gesehen wurde, ein Mercedes W123 Pollmann, Baujahr 1979, lange Version mit fünf Türen."

„Klingt makaber.", warf Yakup ein.

„Es handelt sich, so wie es aussieht, um *das* Unfallauto von damals."

„Nee, das hört sich zu fantastisch an, das glaube ich nicht.", sagte Jonas.

„Bei allem, was wir schon erlebt haben, nimmst du das Wort noch in den Mund?", fragte seine Frau ihn.

„Stimmt auch wieder.", grummelte er.

Es klopfte an der Bürotür und Nick trat ein. Er gab Yasmina zwei Computerausdrucke.

„Hier sind die restlichen Daten und Unterlagen wegen dem Leichenwagen, die wir auf die Schnelle bekommen konnten. Der ist in der Tat am 19. November 1979 vom Hof der Polizei in Malente am helllichten Tag spurlos verschwunden."

„Gibt es schon etwas über den Unfallhergang?", fragte ihn die junge Frau. Nick schüttelte verneinend den Kopf.

„Die Kollegen durchforsten die Katakomben, aber das kann dauern, weil die uralten Akten noch nicht digitalisiert sind."

Julia Braun kam mit Kaffee und Keksen ins Büro.

„Hier Leute, eine kleine Stärkung.", sagte sie lächelnd, stellte das Tablett mit den gefüllten Bechern und der Keksschüssel auf Yasminas Schreibtisch. Diese grinste frech und schnappte sich ein Trinkgefäß und die Schüssel.

„Also ich habe was, und was esst ihr?"
Kekse kauend saß Yasmina da und sah ihrem Mann und Yakup beim Schweigen zu. Dann hatte sie einen Geistesblitz.

„Lasst uns doch mal überprüfen, ob die Toten etwas miteinander zu tun hatten oder ob es Gemeinsamkeiten gab."

„Klingt nach einem Plan.", gab Jonas zurück.
Zu dritt stürzten sie sich auf die Akten und holten Julia dazu. Auf Anweisung suchte sie im polizeilichen Netzwerk nach Auffälligkeiten und diversen anderen Möglichkeiten. Drei Stunden später hatten sie noch immer nichts gefunden und die erfolglosen Ermittlungen ermüdeten sie. Yakup schaute auf die Uhr und sagte:

„Was haltet ihr davon, wenn wir jetzt erstmal das Mittagessen nachholen?"

Yasmina nahm die beiden Männer und Julia an den Händen und teleportierte sich mit ihnen in ihre Wohnung. Wie nach jedem Sprung dieser Art war den beiden Männern und der Sekretärin anfangs noch schwindelig.

Die Orientalin werkelte in der Küche herum, so das es sich anhörte, als würde sie kochen. Aber sie mogelte mal wieder und benutzte ein wenig Magie. Wenn es sich zeitlich einrichten ließ, kochte sie grundsätzlich selbst. Jonas sah um die Ecke und Yasmina packte ihren Mann am Kragen, zog ihn zu sich herunter und gab ihm einen leidenschaftlichen Kuss.

„Und unterstehe dich, ihnen zu sagen, dass ich gemogelt habe!", flüsterte sie ihm ins Ohr.

„Das sind keine Kinder mehr. Die können sich doch an einer Hand abzählen, dass du so ein Menü nicht in zwanzig Minuten her zauberst."

„Wirklich?", gab Yasmina zurück.

„Sind da auch wieder die leckeren kleinen grünen Dinger mit der Specksoße bei?", fragte Yakup.

„Ok, bei ihm bin ich mir da nicht so sicher.", flüsterte Jonas.

„Das ist Rosenkohl.", rief Jonas seinem Freund zu und seufzte.

Der Duft von verschiedenen Gemüsesorten und Braten zog durch die Wohnung.

„Na das riecht ja richtig lecker.", merkte Yakup an. Yasmina verwies Julia und die beiden Männer aufs Sofa, wo sie sich Kaffee einschenkten und dann aber auf den Balkon verzogen, um zu rauchen. Nachdem sie damit fertig waren, kehrten sie ins Wohnzimmer zurück, wo Yasmina den Tisch schon gedeckt hatte.

„Lasst es euch schmecken, meine Lieben.", sagte sie lächelnd. Auf dem Tisch standen ein paar Schalen, in denen Kartoffeln, Blumenkohl, Bohnen, Rosenkohl und Rotkohl sowie eine große Servierplatte mit Rouladen. Jonas war immer wieder von den Kochkünsten seiner Frau begeistert. Sie zauberte die leckersten Menüs zusammen. Und wehe er wolle ihr helfen, dann jagte sie ihn aus der Küche. Das war ihr Revier und da duldete sie niemanden außer gelegentlich eine ihrer Freundinnen. Es klopfte.

„Erwartest du noch jemanden?", fragte Jonas seine Frau.

„Nein, eigentlich nicht.", antwortete sie und ging zur Tür. Wenige Augenblicke kam sie mit Anya im Schlepptau zurück.

Die rothaarige Hexe, die der vernichteten Alenya zum Verwechseln ähnlich sah, schaute schüchtern in die Runde.

„Ich hoffe, ich störe nicht?"

„Natürlich nicht.", antwortete Yasmina, die eilig ein weiteres Gedeck auflegte.

„Setz dich, das kostet auch nicht mehr."

Die junge Hexe kam der Aufforderung nach, stellte ihren Gehstock bei Seite und nahm Platz.

„Was treibt dich her?", fragte Jonas.

„Es geht um John. Er ist seit gestern nicht auffindbar."

„Oh ... hat er dir nichts gesagt? Er ist nach Pinneberg gefahren, weil er etwas Familiäres zu klären hat. Eigentlich wollte er heute Abend zurück sein."

„Echt? Dann bin ich beruhigt. Ich hatte mir schon Sorgen gemacht." Sie errötete. Seit den Vorkommnissen auf der Ostseeinsel waren die beiden ein Paar und sie hatte Angst um ihn. Sie ließ ihn seitdem kaum einen Augenblick aus den Augen. Jonas fragender Blick entging ihr nicht.

„Ich will ihn nicht überwachen, falls ihr das denkt. Aber er ist der Erste, der mich so nimmt, wie ich bin, ohne mich verändern zu wollen."

In diesem Moment klopfte es erneut an der Tür.

„Ich lege schon mal ein weiteres Gedeck auf.", sagte Yasmina lachend. Unterdessen ließ Jonas den nächsten Gast in die Wohnung.

„Schatz, woher weißt du, dass ich hier bin?", fragte Anya erstaunt. John Craven lächelte und küsste seine Freundin.

„Ich habe ihm telepathisch gesagt, dass du bei uns bist.", löste Yasmina das kleine Rätsel auf. Die Hexe wurde rot, sah ihren Liebsten wie ein kleines Schulmädchen an, dass Scheiße gebaut hatte.

„Ich wollte dich nicht kontrollieren, aber ich hatte mir Sorgen gemacht. Ist ja untypisch, dass du auf meine Anrufe nicht reagierst.", sagte sie leise. John nahm sie in den Arm.

„Ist okay, Schatz. Ich hatte mein Handy in der Komturei vergessen und als ich es bemerkte, war es zum Umkehren zu spät."

Er füllte sich seinen Teller und sah zu Yasmina.

„Das duftet köstlich."

„Schade, dass Vanessa nicht dabei ist.", murmelte Yakup deprimiert. Er hatte seit ihrer Verwandlung zu einem weißen Vampir und ihrem Rückzug mit Kathi, der Tochter von Nick Hübner, auf der Ostseeinsel Fehmarn nichts mehr gehört. Er versuchte stets, sich nicht im Geringsten etwas anmerken zu lassen, aber dieses war einer der Momente, wo es ihm nicht gelang.

„Ach Yakup, sie wird sich bestimmt bald wieder bei dir melden. Sie muss erstmal lernen, mit ihrem neuen Leben klarzukommen.", versuchte Yasmina ihn zu trösten.

„Ja, wenn es nur das wäre. Sie hat mich freigegeben, also ihre Verlobung mit mir gelöst."

„Um dich zu schützen, das darfst du nicht vergessen."

Er nickte, füllte sich den Teller und wechselte das Thema.

„Habt ihr schon mal wieder etwas aus der Komturei gehört?", fragte er in die Runde.

„Nee, außer das John und Anya den Brüdern da mehrmals täglich die Schamesröte ins Gesicht treiben ist alles gut.", antwortete Jonas mit schiefem Blick in die Richtung der beiden grinsend und setzte noch einen drauf:

„... und seit Anya schon fast wieder ohne Gehhilfen vorwärtskommt, feiern die beiden es immer mit ausreichender Morgengymnastik."

„Schatz! Wir sind beim Essen!", ermahnte ihn seine Frau. John und Anya wünschten sich gerade ein Loch im Boden herbei, indem sie versinken konnten. Stumm und unauffällig aßen sie weiter. In diesem Moment klingelte Jonas Handy und er nahm das Gespräch an.

„Ja Honk, was gibt es?"

„Die Berichte von der KTU sind angekommen. Ich habe sie in euer Büro weitergeleitet. Aber ich dachte mir, dass du das wichtigste sofort erfahren möchtest.."

„Und das wäre?"

„An allen Fundorten wurde dieselbe DNA festgestellt. Das heißt, es gibt da jemanden, der die Fäden zieht."

„Nun mach es nicht so spannend, wer ist es?"

„Der Datenabgleich läuft noch. Somit kann ich da noch nichts genaues sagen."

„Ok, danke dir für die Info."

„Gern geschehen.", sagte der Rechtsmediziner und beendete das Gespräch.

3. Auf der Flucht

Das Mädchen wartete an der Haltestelle gegenüber ihrer Arbeitsstelle auf den Bus. Es war schon dunkel und abends fuhr kaum einer. Sie wollte nur noch nach Hause, denn der Arbeitstag auf der Tankstelle war zu viel für sie. Hinzu kam, dass ihr der Tod ihrer Zwillingsschwestern Caro und Cora sowie ihrer Großeltern in den letzten Tagen arg zugesetzt hatte. Sie konnte nicht begreifen, dass sie Selbstmord begangen haben. Ihre Schwestern waren lebenslustig, immer fröhlich und hatten nur Quatsch im Kopf. Caro war sogar schwanger und freute sich mit ihrem Verlobten auf das gemeinsame Kind. Daher war es ihr unverständlich, dass sie ihrem Leben so grundlos ein Ende gesetzt hatte. Auch Cora war glücklich und zufrieden. Sie hatte einen gutbezahlten Job bei der Bank, hatte einen liebevollen Partner und es fehlte ihr an nichts. Und dann ihre Großeltern. Während sie so gedankenverloren auf der Bank in der Bushaltestelle saß, bemerkte sie aus dem Augenwinkel heraus ein Fahrzeug näher kommen. Sie hob den Kopf und sah den Wagen langsam an ihr vorbeifahren. Ihr gefror das Blut in den Adern. Es war ein alter langer Leichenwagen. Genau so einer, von dem ihre Schwestern und Großeltern jeweils kurz vor ihrem Tod erzählt hatten. Sie bekam es mit der Angst zu tun. In Panik rannte sie davon, denn sie wollte nicht die nächste auf der Liste der Selbstmörder sein. Sie versteckte sich zwischen zwei Häusern und holte ihr Handy aus der Jackentasche. Mit zitternden Fingern wählte sie die Nummer ihrer Eltern. Nach mehrmaligen Klingeln hob ihr Vater am anderen Ende der Leitung den Hörer ab. Sie stammelte nur, kaum ein brauchbares Wort kam über ihre Lippen.

„Conny, atme mal tief durch und erzähl mir in Ruhe, was passiert ist.", redete er in einem beruhigenden Ton auf seine jüngste Tochter ein. Nachdem sie die Fassung zurückgewonnen hatte, sagte sie:

„Papa, du musst mich hier an der Bushaltestelle abholen. Der Leichenwagen, den Oma, Caro und Cora gesehen haben, ist eben ganz langsam an mir vorbei gefahren. Ich habe Angst." Ihr Vater zögerte nicht lange und antwortete:

„Bleib, wo du bist, ich bin in zehn Minuten da.", dann legte er auf. Daraufhin hörte sie das Motorengeräusch eines fahrenden Autos. Äußerst langsam fuhr wieder der Leichenwagen an ihr vorbei. Durch die getönten Scheiben war der Fahrer nicht zu erkennen. Sehnsüchtig auf ihren Vater wartend klapperte Conny vor Angst und Kälte.

Wolfgang Peters schwitzte trotz der tiefen Außentemperaturen. Es war Angstschweiß, der ihm am Gesicht herunterlief. Angst um seine jüngste Tochter, die ihm und seiner Frau geblieben ist. Er würde es nicht verkraften auch noch sein letztes Kind zu verlieren. Der Tod der Zwillinge und seiner Schwiegereltern hatte die Familie sehr mitgenommen. Die Selbstmorde waren das Gesprächsthema in der Kleinstadt Kellinghusen. Mit viel zu hohem Tempo raste er in seinem alten Ford Mondeo durch die Stadt. Zum Glück war kaum noch Verkehr. Er bog nach rechts in die Overndorfer Straße ein und gab Vollgas. Er konnte schon die Beleuchtung der Tankstelle sehen, auf der seine Tochter jobbte. Er kam der gegenüberliegenden Bushaltestelle immer näher, da sah er den Leichenwagen von Links in die Straße einbiegen. Das Heck des unheimlichen Fahrzeugs scherte aus, weißer dichter Qualm trat aus den hinteren Radkästen hervor. Mit durchdrehenden und laut quietschenden Rädern steuerte das Totentaxi direkt auf die Haltestelle zu, in der Conny auf ihren Vater wartete. In Panik um sein Kind schaltete er einen Gang zurück und trat das Gaspedal bis zum Bodenblech durch. Die Limousine beschleunigte abrupt. Wolfgang Peters raste wie ein Geschoss auf den unheimlichen Totentransporter zu.

„Du bekommst mein Kind nicht!", brüllte er und knallte frontal in den alten Mercedes. Dieser wurde zurückgeschleudert. Aufgeschreckt durch den Knall ging in einigen Wohnungen das Licht an und die Anwohner schauten auf die Straße. Doch alles, was sie sahen, war eine demolierte Limousine und ein schreiendes Mädchen, welches auf den Waagen zu rannte. Sie konnten sich nicht erklären, was da passiert war. Außer dem Pkw war nichts beschädigt.

Wolfgang Peters schaute durch das geborstene Seitenfenster seine Tochter an.

„Wo ist der hin?"; fragte er Conny. Sie war blass und antwortete mit zitternder Stimme:

„Ich weiß es nicht. Er löste sich auf, nachdem du ihn getroffen hast."

Benommen stieg der Mann aus und wankte nach vorn. Hätte Conny ihn nicht gestützt, wäre er zusammengebrochen. Er lehnte sich an das Wrack und umarmte seine Tochter.

Aus drei Richtungen vernahmen sie Martinshorn, dann sahen sie schon die ersten Blaulichter aus einiger Entfernung auf sich zukommen. Anwohner verließen die Häuser und traten auf die Straße. Wolfgang Peters sah sich um. Nicht einmal Trümmer oder Flüssigkeiten deuteten auf ein anderes Fahrzeug hin.

Er und seine Tochter sahen sich verdutzt an.

„Haoo Onaff, ba wüll düff eina fpröchön.", erklang eine kauende Frauenstimme am anderen Ende der Leitung.

„Tara, könntest du wenigstens einmal aufhören, Pizza zu vergewaltigen wenn du bei mir anrufst?," erwiderte Jonas Drake lachend.

„Baff iff geime Pipffa, baff iff Ganölonü."

„Ja was auch immer. Schicke ihn rauf.", antwortete er.

„Oh, hat unsere Pizza-Queen heute Dienst?", frotzelte Yasmina amüsiert.

„Ja. Die Gute dürfte hier mittlerweile bald jeden Pizza-Service getestet haben seit ihrer Versetzung von Schleswig nach Itzehoe. Aber das hat was für sich."

„Was denn?"

„Na sie ist als Testmampfer doch ideal."

Es klopfte an der Tür und Yasmina rief:

„Herein."

Ein Polizist öffnete die Tür und geleitete einen Mann um die vierzig und einen Teenager ins Büro.

„Herr Drake, das sind Wolfgang und Conny Peters.", sagte er und verließ den Raum wieder. Jonas bot den beiden an, sich zu setzen. Er merkte ihnen Angst, Müdigkeit und Nervosität an.

„Guten Morgen.", begrüßte er die Zwei.

„Darf ich Ihnen etwas zu trinken anbieten? Kaffee oder Tee vielleicht?", fragte er. Er bemühte sich, den beiden die Angst zu nehmen und so behutsam wie möglich zu sein.

„Ja gerne, Kaffee bitte.", erwiderten sie.

„Sind Sie der Jonas Drake, der sich mit ... speziellen Fällen befasst?", eröffnete Peters das Gespräch.

„Ja, da sind Sie hier richtig. Mein Kollege Yakup Melek wird gleich dazu kommen und meine Kollegin Yasmina Drake haben Sie ja schon kennengelernt.", erwiderte Jonas und fuhr fort:

„Mir wurde bereits berichtet, was letzte Nacht vorgefallen ist. Nachdem Sie wegen vermutlicher Trunkenheit am Steuer festgenommen wurden, hatten Sie ja darauf bestanden, zu uns zu kommen."

„Ich habe nicht getrunken. Wissen Sie, es war so ..."

Er holte tief Luft und dann erzählte er, was in der Nacht geschehen war. Im Laufe der Ausführungen des Mannes erschienen Yakup und Nick im Büro. Als Wolfgang Peters mit seiner Aussage fertig war, fragte Yasmina:

„Sagen Ihnen die Namen Cora und Caro Delffs, sowie Hermann und Hildegard Bretthausen etwas?"

Der Mann und seine Tochter senkten die Köpfe. Conny hob ihren zuerst.

„Ja ... das waren meine Schwestern und Großeltern.", antwortete das Mädchen traurig.

„Oh. Mein Beileid.", sagte Yasmina einfühlsam.

„Es mag im Moment vielleicht etwas unpassend erscheinen, aber wie kommt es, dass ihre Schwestern andere Nachnamen als Sie haben?"

Wolfgang Peters schaute hoch.

„Meine Frau und ich hatten die Mädchen damals adoptiert."

„Und die Bretthausens?"

„Das sind ... äh ... waren meine Schwiegereltern.", antwortete der Mann.

„Um nochmal auf den Vorfall von letzter Nacht zurückzukommen.", warf Jonas ein.

„Vier Zeugen und eine Überwachungskamera haben Ihre Aussage bestätigt."

Conny sah ihren Vater erleichtert an und wandte ihren Blick wieder den Polizisten zu.

„Dann heißt es, Sie werden uns helfen?", fragte sie.

„Ja, das werden wir.", antwortete Yasmina, ohne eine Reaktion von Jonas und Yakup abzuwarten. In diesem Moment klingelte Wolfgang Peters Handy. Er sah aufs Display.

„Entschuldigen Sie bitte, das ist meine Frau. Die macht sich bestimmt schon tierische Sorgen." Er nahm das Gespräch an und stellte auf laut. Ohne eine Begrüßung abzuwarten, schrie sie panisch in das Telefon.

„Wolfgang, hier ist ein Irrer mit einem Leichenwagen, du musst ...", da brach das Gespräch ab.

Bevor der entsetzte Mann und seine Tochter reagieren konnten, hatte sich Yakup schon vom Stuhl erhoben, schnappte sich seine Jacke und das Telefon. Er rief bei der Zentrale an.

„Tara, schicken Sie sofort alle verfügbaren Wagen in der Nähe des Lerchenwegs in Kellinghusen zum Haus der Peters!", sagte er und legte auf. Er zog sich seine Jacke an und holte seinen Autoschlüssel aus der Tasche.

„Los kommt, ab gehts."

Yasmina sah ihren Mann fragend an und der nickte.

„Das dauert zu lange. Wir machen das auf meine Weise.", sagte die hübsche Orientalin. Sie packte die Peters an den Schultern. Jonas, Nick und Yakup fassten der jungen Frau ihrerseits an die Jacke und sie teleportierten sich direkt zum Haus der Familie.

Wolfgang und Conny Peters war leicht schwindelig, als sie vor dem Einfamilienhaus ankamen.

Jonas sah sich um, aber von dem Leichenwagen fehlte jede Spur. Die Haustür war zerstört und lag in Einzelteilen im Flur. Conny stürmte, sich der möglichen Gefahr nicht bewusst, ins Haus und rief nach ihrer Mutter. Dann hörten alle den gellenden Schrei. Jonas und Yasmina zogen ihre Waffen und eilten hinterher. Mit den Pistolen im Anschlag schlichen sie den Flur entlang und entdeckten im Wohnzimmer das kniende, weinende Mädchen. Als sie den Raum betraten, sahen sie den Grund für das Verhalten des Teenagers. An einem Kabel von der Decke baumelnd hing ihre Mutter.

Der Pathologe kam auf Yasmina und Jonas zu. Er schaute zu, wie die Kollegen die Tote in die Zinkwanne legten und abtransportierten.

„Nach Hamburg.", wies er die Männer an. Sie nickten. Dann wandte er sich Yasmina und Jonas zu.

„Warum Hamburg?", fragte der Kripobeamte.

„Vielleicht kommt die Leiche diesmal in der Pathologie an.", erwiderte Honk.

„Eines kann ich mit Gewissheit sagen. Die Frau war mindestens schon drei Stunden vor dem Anruf bei ihrem Mann tot. Ihr wärt so oder so zu spät gekommen."

Yasminas Augen blitzten grün auf und ein Knurren verließ ihre Kehle. Sie ging in das Nebenzimmer, wo die Tochter weinend saß. Sie schaute die Ägypterin aus verweinten geröteten Augen an.

„Warum jetzt auch noch meine Mutter?", fragte sie verstört. Dem Vater gelang es nicht, seine Tochter zu beruhigen. Yasmina nahm das Mädchen in den Arm und versuchte, es zu trösten, aber es klappte nicht. Sie senkte den Kopf und mit grün leuchtenden Augen hob sie ihn wieder. Leise sprach sie.

„Ariel, wir brauchen dich hier."

Conny war entsetzt und erstaunt zugleich vom Anblick der Kripobeamtin.

„Was sind Sie?", fragte sie schluchzend.

„Momentan für euch beide die letzte Hoffnung.", antwortete sie ruhig. In diesem Moment flimmerte die Luft und eine Nebelwolke entstand mitten in dem Zimmer. Heraus schritten zwei schwarzhaarige Frauen mit rotglühenden Augen. Conny wirkte verängstigt. Sowas gab es doch eigentlich nur in Filmen, aber sie wurde eines Besseren belehrt. Wolfgang Peters beobachtete das Spektakel ungläubig und fasziniert zugleich.

Yasmina stellte den zweien die Frauen vor.

„Das sind Ariel und Delia. Sie werden Sie beschützen und an einen sicheren Ort bringen.", sagte sie. Eine weitere Nebelwolke entstand und eine Rothaarige mit einem Gehstock kam heraus.

„... und das ist Anya.", stellte Yasmina die zuletzt erschienene Frau vor.

„Wer oder was sind Sie?", fragte das Mädchen. Conny glaubte verrückt zu werden. Fast alles, was sie aus irgendwelchen Fantasyfilmen kannte, passierte direkt vor ihr. Die Frauen sahen sich gegenseitig und dann Yasmina an.

„Hast du sie nicht vorbereitet?", fragte Delia.

„Dafür war keine Zeit.", antwortete sie und beabsichtigte auf Connys Frage zu antworten, aber Ariel war schneller.

„Ich war eigentlich mal ein Engel, was ich eigentlich immer noch bin, aber nur eigentlich. Lieb sein war gestern, deshalb beanspruche ich diesen Status nicht mehr."

Sie deutete nach links.

„Und das ist Delia. Sie war eigentlich mal eine Dämonin, aber ..."

„Sag mal, hast du heute Morgen Sabbelwasser getrunken? Meine Güte, da wir man ja seekrank!", unterbrach Yasmina den Engel.

„Nein. Ich bin nur ein bisschen schwanger.", antwortete sie breit grinsend.

Die Ägypterin rollte mit den Augen und seufzte.

„Delia, bringe bitte die beiden in die Komturei und nimm unsere Intelligenzbestie hier mit."

Die Dämonin nickte und dann waren sie auch schon verschwunden.

Yasmina verließ das Haus, um eine zu rauchen, und traf auf Nick.

„Sag mal, was hast du da mit Ariel angestellt? Die hat sich ja eben mal wieder etwas ... schräg verhalten."

„Wieso? Wir hatten in der letzten Zeit nur öfter Spaß miteinander."

„Echt jetzt? Sie wirkt, als hätte sie da ein paar Schrauben locker." Yasmina deutete mit dem Finger auf den Kopf.

Der Kommissar lachte.

„Dann hättest du sie mal nach unserer ersten gemeinsamen Nacht erleben müssen. Da flog sie wie ein aufgeregtes Rotkehlchen im Zickzack durch die Luft, vollzog Loopings, Schleifen und drehte völlig ab. So aufgekratzt hat sie noch niemand von uns gesehen."

Yasmina schmunzelte.

„Ja was? Das kommt dabei raus, wenn ein Jahrtausende altes Geschöpf in die Pubertät kommt. Die hübscheste und heißeste Jungfrau, die mir je begegnet ist.", schwärmte er.

„Na da hoffe ich mal, dass euer Nachwuchs nicht so Panne wird, wie Ariels heutiger Auftritt. Vielleicht hättest du sie aber auch nicht so hart rannehmen müssen."

„Ich sie? Frag mal lieber, was sie mit mir alles angestellt hat."

„Ok, was hat sie denn so alles mit dir angestellt?"

„Dein Mann würde vor Neid erblassen.", antwortete Nick flapsig. Yasmina sah ihn nachdenklich an.

Hm ... der braucht bald Viagra., dachte sie.

„Naja, trotzdem, herzlichen Glückwunsch.", sagte sie lächelnd.

„Danke"

„Wissen die anderen das schon?"

„Nein. Das wollten wir bei passender Gelegenheit bekannt geben."

4. In Sicherheit?

Conny und ihr Vater kamen aus dem Staunen nicht mehr heraus. Sie hatten zwar schon einiges über die Komturei gehört, aber sie noch nie gesehen. Vier Wehrtürme befanden sich an den Ecken des Gemäuers. Ein riesiges Tor trennte den Innenhof von der Außenwelt. Auf den Türmen wehten Flaggen mit einem roten Tatzenkreuz. Conny hatte dieses Symbol in Geschichtsbüchern gesehen und erinnerte sich. Ein Templerkreuz. Sie war irritiert, da in den Büchern stand, dass dieser Ritterorden am 22. März 1312 durch den Papst aufgelöst wurde und am 18. März 1314 der letzte Großmeister mit weiteren Ordensgrößen auf der Ille de la Cité in Paris lebendig verbrannt wurden.

Zwei Männer in Mönchskutten kamen auf sie zu. Sie lächelten freundlich und begrüßten ihre Besucher. Der Bärtige stellte sich vor.

„Herzlich willkommen in der Komturei von Tempeldorf. Mein Name ist Pierre Rolland. Ich bin der Abbé hier, oder auch Abt, wie Sie hier in Deutschland sagen. Und der junge Mann neben mir ist Bruder Raul. Ich möchte Euch mein Beileid über Eure Verluste aussprechen."

Conny war fasziniert von dem Bauwerk. Obwohl die Komturei erst vor ein paar Jahren errichtet wurde, wirkte sie aufgrund der Bauform, als würde sie seit Jahrhunderten hier stehen. Der Abbé gefiel ihr. Sie mochte den Mann, obwohl sie ihn erst ein paar Minuten kannte. Er hatte eine Ausstrahlung, die das Mädchen faszinierte. Ihrem Vater entgingen nicht die Blicke des Teenagers. Er sagte leise:

„Das sind katholische Mönche. Da kommst du als Frau eh nicht ran."

„Das ist so nicht ganz richtig. Wir haben uns der Zeit angepasst und den Zölibat aufgegeben. Außerdem unterliegen wir nicht der Jurisdiktion der Kirche, da der Vatikan unseren Orden nie rehabilitiert hat. Und selbst wenn, wir würden uns der Kirche nie erneut unterwerfen, denn dafür ist zu viel grausames geschehen.", sagte der Abbé, der Wolfgangs Ansprache an seine Tochter verstanden hatte.

„Dann dient ihr doch Baphomet?", fragte Conny zaghaft. Pierre lächelte.

„Baphomet ist nicht das, was die Kirche behauptet. Aber um deine Frage zu beantworten: Nein. Wir verehren Gott, Maria Magdalena und den Herrn Jesus Christus. Der irdischen Doktrin dieser ... Institution namens Kirche folgen wir somit nicht mehr. Damals wurden wir durch Unterstellungen, Folter, Neid und grenzenlose Gier in die Knie gezwungen und letzten Endes vernichtet. Einigen von uns gelang die Flucht aus Frankreich. Wir tauchten überall dort unter, wo man uns Zuflucht gewährte, hielten uns die letzten Jahrhunderte bedeckt und versteckten uns. Seit ein paar Jahren sind wir zurück. Dies ist eine Zeit, in der wir uns vor Papst und Kirche nicht mehr fürchten müssen. Sie hat nicht mehr die Macht von einst.", erklärte er dem Mädchen.

Pierre drehte sich um und deutete mit einer einladenden Geste auf die Gebäude im Inneren der Komturei.

„Wenn Ihr möchtet, zeigen wir Euch gerne unser bescheidenes Heim."

Wolfgang sah das Blitzen in den Augen seiner Tochter und merkte, dass ihr diese Abwechslung guttat. Sie nahmen das Angebot des Templers dankend an und ihnen wurde eine exclusive Führung durch alle Räumlichkeiten geboten. Im Anschluss zeigte man den beiden die eigens für sie hergerichteten Zimmer.

Nach der Führung durch die Anlage saßen Wolfgang und Conny noch eine Weile zusammen in dem Zimmer des Mädchens. Es klopfte an der Tür und Delia trat mit einem Tablett ein. Sie brachte den beiden Kaffee und belegte Sandwiches.

„Ich dachte, eine kleine Stärkung würde euch gut tun nach so einem ... naja, guten Appetit.", sagte sie und stellte das Tablett auf dem schlichten Tisch ab.

Connys Wissensdurst wurde immer stärker.

„Was meinte Ariel vorhin mit, sie wäre mal ein Engel gewesen und du eine Dämonin? Ich dachte, sowas gehört in den Bereich der Fantasyfilme und so."

Delia lächelte und nahm das Glas mit dem Latte macchiato, welches sie für sich mitgebracht hatte. Sie hatte geahnt, dass die Neugier ihrer Gäste Fragen aufwerfen würden.

„Es stimmt, was sie sagte. Dies ist nicht nur das Zuhause der Templer, es ist auch unsere Heimat. Es leben hier noch weitere Wesen, wie ihr es nennen würdet."

„Wie viele seid ihr?", fragte der Teenager und fuhr fort.

„Sind Jonas und Yasmina Drake auch ... Wesen? Sorry, wenn ich dich damit löchere, aber das ist alles so neu für mich und faszinierend. Auch das, was in den letzten Tagen passiert ist ..."

„Nicht nur für dich.", warf ihr Vater ein.

Delia hatte Verständnis für die beiden, rückte aber nur stückweise mit Antworten heraus, um sie nicht zu überfordern.

„Jonas Drake ist ein einfacher Mensch und Yasmina ist seine Frau."

Conny schaute die zierliche schwarzhaarige Frau erstaunt an.

„Sowas geht?"

Delia lachte, was das Mädchen etwas verunsicherte.

„Ja, gewiss. Yasmina ist die Tochter der Katzengöttin Bastet. Jonas und sie begegneten sich vor ein paar Jahren, verliebten sich ineinander und der Rest ist reine Biologie.", erwiderte sie lächelnd. An den Gesichtern der beiden erkannte sie, dass ihr Wissensdurst bei weitem nicht gestillt war.

„Aber das sollte für den Augenblick reichen.", sagte sie und war im Begriff das Zimmer zu verlassen.

„Und was ist Anya? Sie tauchte ja auch so ominös wie ihr auf."

„Anya ist eine Hexe, die allerdings nicht von hier kommt.", erwiderte Delia.

„Du siehst aber ganz normal aus. Was unterscheidet dich von einem Menschen?", hakte Conny nach.

Delia drehte sich zu den beiden um.

„Einiges.", antwortete sie und ihre Augen wurden tiefschwarz. Aus ihrer Stirn wuchsen kleine Hörnchen und aus dem Rücken traten Schwingen aus, die sie aber wegen des überschaubaren Raumes nicht ausbreitete. Das flackernde Licht der Kerzen ließ Delia einen unheimlichen zugleich faszinierenden Schatten an die Wand werfen. Der Teenager und ihr Vater waren sprachlos. Sie bekamen den Mund gar nicht wieder zu.

Delia verwandelte sich zurück in eine normale Frau.

„Genug für heute.", sagte sie lächelnd.

„Gute Nacht euch beiden."

Mit diesen Worten löste sie sich auf und ließ die zwei alleine, die sich fragend ansahen.

Jonas und Yakup waren schon früh im Büro. Da die Sekretärin der Kommissare noch nicht da war und ihr Dienst erst später anfing, kochte Jonas Kaffee. In diesem Moment kam Nick in das Büro der beiden, ohne anzuklopfen.

„Ihr müsst noch mal in das Haus der Bretthausens und euch dort umschauen. Es muss dort etwas geben, was uns weiter bringt.", sagte er.

„Dir auch einen guten Morgen.", erwiderte Jonas vorwurfsvoll. Yakup kam aus dem Nebenraum mit zwei Bechern Kaffee und sah Nick.

„Oh ... möchtest du auch einen?", fragte er.

„Ja, bitte.", antwortete dieser. Nachdem Yakup ihm einen Becher mit dem schwarzen Heißgetränk brachte, nahm er einen großen Schluck. Seine Augen weiteten sich und sein Gesicht verzog sich zu einer Grimasse.

„Alter, was ist denn das für ein Scheißkaffee?", fragte Nick entsetzt.

Jonas antwortete kurz und knapp.

„Der weckt Tote auf."

„Was er mit den Lebenden macht, will ich gar nicht erst wissen!", krächzte der Vorgesetzte.

Yakup nahm ebenfalls einen Schluck und verzog sein Gesicht, als hätte er in eine Zitrone gebissen. Dann griff er zum Telefon, tippte die Nummer von Julia Braun.

„Wann bist du hier?"

„In ungefähr zwanzig Minuten."

„Beeil dich bitte. Jonas scheint uns nicht mehr zu mögen. Er hat ein Attentat gegen Nick und mich durchgeführt."

„Oh ... hat er etwa Kaffee gekocht? Okay, das kann nicht gutgehen. Ich beeil mich."

Julia beendete das Gespräch.

Jonas trank auch einen Schluck.

„Ich weiß gar nicht, was ihr habt. Der schmeckt doch ganz normal.", sagte er und schüttete den Inhalt des Bechers in einem unbeobachteten Moment in den Pflanzkübel neben sich.

5. Die Nadel im Heuhaufen

Die Kommissare standen im Flur des Einfamilienhauses.

„Toll ... und wo fangen wir an?", fragte Jonas.

„Gute Frage. Nach was suchen wir überhaupt?", erwiderte der große Türke.

„Keine Ahnung. Ich sage es dir, wenn ich es gefunden habe.", gab Jonas zurück.

„Jetzt wäre es ganz vorteilhaft, wenn eines unserer begabten Supermädels hier wäre.", murmelte er.

„Wer hat mich gerufen?", erklang Ariels Stimme aus dem Hintergrund. Langsam schritt sie aus dem dunklen Teil des Flures auf die beiden Kommissare zu.

„Warst du schon vorher hier?", fragte Jonas überrascht.

„Nein mein Lieber. Schon vergessen, dass wir mental miteinander verbunden sind?"

„Äh ... dann lass uns mal suchen."

„Und wonach?"

„Nach allem, was uns weiterhelfen kann. Stammbücher, Tagebücher, Fotos ... einfach alles."

„Okay. Ich geh nach oben.", sagte Ariel und stieg über die Treppe in den ersten Stock des Einfamilienhauses.

Dort angekommen nahm sie sich das Schlafzimmer der Verstorbenen vor. Sie durchsuchte die Nachtschränkchen und den großen Kleiderschrank in dem ansonsten spärlich eingerichteten Raum. Danach betrat sie das gegenüberliegende Zimmer, in dem ihr ein eingerahmtes Bild auffiel. Es zeigte das alte Paar mit ihrer Tochter vor einem Wohnmobil, einen VW Cheetah aus den achtziger Jahren. Der Engel nahm das Bild von der Wand und drehte es um. Es war nach hinten gewölbt. Unter der rückseitigen Pappe schien sich etwas zu verbergen. Ariel zerlegte den Rahmen vorsichtig, denn sie wollte nichts beschädigen. Ein Umschlag fiel herunter. Sie hob ihn auf, öffnete das vergilbte Kuvert und sah darin einige Zeitungsausschnitte, Fotos und persönliche Papiere.

„Bingo!", flüsterte sie.

„Sieh mal, die hatten sogar einen PC.", sagte Yakup, als er einen Sekretär öffnete. Es wirkte schon ein wenig ungewöhnlich, ein uraltes Möbel mit High-Tech darin zu sehen. Er schaltete den Monitor und den Rechner ein. Jonas ging zu seinem Freund und wunderte sich.

„Was machen Senioren mit einem Gaming-PC?", fragte er verblüfft.

„Gute Frage.", gab Yakup zurück.

Der Rechner war kurze Zeit später komplett hochgefahren und der große Türke konnte sofort auf alles zugreifen, da der Computer nicht passwortgeschützt war. Die beiden Kommissare sahen sich verwundert an. Jonas steuerte auf einen der Schränke im Wohnzimmer zu und setzte dort seine Suche fort. Yakup murmelte:

„Da sind verschlüsselte Dateien drauf. Was meinst du? Runterladen oder den ganzen Rechner mitnehmen?"

„Einpacken und in der KTU auslesen lassen.", erwiderte Jonas knapp. Yakup schaltete den Rechner aus und zog alle Kabel ab.

„Ich bring ihn ins Auto.", sagte er und verließ mit dem Gerät das Haus. Kurze Zeit später war er zurück. Jonas hatte in der Zwischenzeit ein paar Aktenordner und Fotoalben gefunden, die er zur Mitnahme in einer Faltkiste verstaute. Ohne ersichtlichen Grund brach die Kommode, aus der er die Ordner entnahm, zusammen. Ein dicker Umschlag fiel herunter. Er war ursprünglich am Boden des Möbelstücks festgeklebt, hatte aber die Klebkraft verloren. Jonas sah hinein und entdeckte darin Ausweispapiere und andere angebrannte Unterlagen. Die Verwunderung war groß, denn was waren das für Dokumente? Der Hauptkommissar legte den Umschlag zu den anderen Fundstücken in die Kiste. In diesem Moment betrat Ariel den Raum.

„Seht mal, was ich hinter einem Bild in einem der oberen Zimmer gefunden habe.", sagte sie und präsentierte den großen Briefumschlag. Jonas zeigte auf die Kiste.

„Pack es zu den anderen Sachen in der Box.", sagte er nachdenklich.

„Die Herrschaften hatten scheinbar ein paar dunkle Geheimnisse ... "

„Das denke ich auch.", erwiderte die schwarzhaarige Frau.

„Mal sehen, was wir noch alles finden.", gab Jonas von sich. Bis in die Abendstunden durchsuchten sie das Haus.

„Moin. Was ist denn hier los? Sieht ja wie ein Volksfest aus.", sagte Nick, als er am nächsten Morgen das Büro seiner Freunde und Kollegen betrat. Anya, Yasmina, Ariel sowie Julia und Delia wühlten sich mit Jonas und Yakup durch die Unterlagen, Bilder und anderen Dokumente, die sie am Vorabend sicher gestellt hatten. Ariel stand auf und küsste den Hauptkommissar.

„Hi Schatz. Während du geschnarcht hast, haben wir noch gearbeitet.", sagte sie lächelnd. Er sah Anya, Yasmina, Delia und seine Freundin an.

„Mädels, ihr müsst verschwinden, bevor der Alte auftaucht. Ich bekomme sonst richtig Ärger, weil hier Zivilisten mitmischen."

„Nun mal locker, El Cheffe.", warf Yasmina ein.

„Dieses ist die Sonderabteilung für den totalen Wahnsinn auf der Welt und wir gehören alle zusammen. Außerdem ist diese Abteilung keine Polizeiabteilung. Schon vergessen?"

Nick musste sich noch daran gewöhnen, dass die Sondereinheit zwar von der Polizei geleitet wurde, ihr aber nicht direkt unterstand.

„Oh man, das ist immer noch neu für mich.", äußerte sich Nick.

„... sagte der Gründer der Abteilung.", meinte Jonas.

„Jemand einen Kaffee?", fragte Julia Braun.

„Deinen ja!", antworteten alle synchron.

„Danke!", gab Jonas gekränkt zurück.

„Schatz, ich habe mal gehört, dass der Wasseranteil höher sein sollte als der des Kaffeepulvers.", unkte Yasmina und gab ihrem Mann einen Kuss auf die Wange.

„Deiner ist halt etwas ... zu speziell.", setzte sie obendrauf.

„Tödlich trifft es eher.", hängte Nick vorwurfsvoll hinterher.

„Habt ihr denn schon was gefunden?", fragte er.

„Allerdings.", gab Yasmina zu Protokoll.

„Wir sind zwar noch nicht komplett durch und der Computer der Bretthausens steht auch noch in der KTU. Aber wir wissen nun, dass es 1979 einen Unfall gegeben hat. Dabei wurden der Fahrer eines Leichenwagens und seine Familie schwer verletzt. Um die Spuren zu verwischen haben sie und ein paar Freunde die Familie ausgelöscht."

„Oh ... Mord also?"

„Ja. Um eine Identifizierung zu erschweren, haben sie aus dem angezündeten Auto die Papiere der Insassen entnommen. Die haben alle grausam sterben lassen. Hermann Bretthausen hat die anderen Mitwisser erpresst."

„Also könnten die Selbstmorde doch Mord sein und der Mörder ein Komplize von damals?"

„Nein, glaube ich eher nicht. Vier davon starben in den letzten Tagen, zwei vor fünf Jahren im Altersheim und zwei Leben in Süddeutschland. Beide schwer dement."

„Und warum starben dann die Zwillinge und Heike Peters?"

„Nachfahren der Täter."

„Aber die Zwillingsschwestern waren doch adoptiert. Wie passt das zusammen?"

„Es waren die Kinder der beiden dementen im Süden. Die hat das Karma sehr früh erwischt. An denen scheint der Mörder kein Interesse zu haben."

Nick grübelte über Yasminas Ausführungen und kam auf keinen Nenner. Wer war so grausam und kaltblütig und gaukelte Selbstmorde vor?

Die hübsche Ägypterin unterbrach ihn in seinen Gedanken.

„Die Probleme kommen eigentlich noch.", sagte sie kleinlaut.

„Wie jetzt?"

„Naja, es gibt noch weitere Nachfahren, die wir ausfindig machen müssen. Außerdem dürfen wir nicht außer Acht lassen, dass das Wrack des Bestattungswagens damals in Malente spurlos verschwand. Und wer ist der Fahrer des Leichenwagens, der hier herumeiert und Conny Peters töten wollte?"

„Mir schwant, als käme der direkt aus der Hölle.", warf Jonas ein. Bei der Äußerung bekamen alle eine Gänsehaut.

Der Lkw fuhr rückwärts auf das Grundstück des einsam gelegenen Gebäudes. Die Einfahrt wurde flankiert von zwei aufgemauerten Pfeilern, auf deren Spitzen jeweils ein metallenes, rostiges Kreuz thronte. Das zweiteilige Eisentor war von Efeu und anderen Rankenpflanzen überwuchert, darunter lugte Rost hervor. Es wurde offensichtlich seit Jahrzehnten nicht mehr bewegt. Auf dem Rasen nahe der Einfahrt stand ein großes verwittertes Schild, welches als solches kaum erkennbar und nicht mehr lesbar war. Risse und herausgebrochene Stücke machten alles unkenntlich. Das Grundstück samt Eingrenzung war stark verwildert und verwittert, selbst die große Villa sah dem Abriss nahe aus. Der Fahrer des Trucks wollte schnell wieder weg, denn das, was er sah, bereitete ihm Angst. Es war dem Mann unbegreiflich, dass hier jemand lebte.

Abladen und nichts wie weg!, dachte er.

Er stieg aus und öffnete eilig den Laderaum des Lkw. Zum ersten Mal sah er die Ladung und erschauerte. Es waren zwölf pechschwarze glänzende Särge. Hätte er am Vortag gewusst, was er da für einen Auftrag an Land gezogen hatte, er hätte abgelehnt. Der Fahrer machte sich daran die Totenkisten zu entladen. Er war gerade dabei den letzten Sarg auszuladen, da tauchte ein alter hagerer Mann auf, der eher aussah wie der Tod auf Latschen, statt wie ein gesunder Kerl. Er hielt ihm die Frachtpapiere hin und bat den Greis darum, ihm den Empfang zu bestätigen. Nachdem das erledigt war, ging der Alte wieder in das Haus und der Fahrer verschloss den Laderaum des Lkw. Schnurstracks eilte er zur Fahrerkabine und stieg ein. Er startete den Motor und fuhr los.

Von weitem sah der Mann schon die Skyline von Itzehoe. Es schien sich eine Stimme in seinem Kopf eingebrannt zu haben. Immer wieder befahl sie:

Beende es!

Sie klang so fern und doch so nah, so als säße der Sprecher neben ihm. Er schaute zum Beifahrersitz, aber da war niemand. Die Stimme befahl immer eindringlicher.

Beende es! Bring es zu Ende!

Der Lkw-Fahrer sah alles verschwommen. Es fühlte sich an, als sei sein Kopf von Watte umhüllt. Das Motorgeräusch vernahm er nur gedämpft. Da war die Stimme wieder.

Tu es endlich! Beende es! Wie Nadelstiche im Kopf waren die Worte. Je mehr er versuchte, sich zu wehren, umso stärker wurde der Schmerz.

Der Mann schaltete einen Gang runter und beschleunigte.

Der Lkw nahm Fahrt auf und die Tachonadel wanderte zügig auf die hundertzwanzig km/h-Marke zu. Er legte den nächsten Gang ein und gab Vollgas.

Jetzt ist der Zeitpunkt gut, tu es!, sagte die Stimme in seinem Kopf. Er hielt den inneren Druck, den Schmerz nicht mehr aus und tat, was man ihm befahl. Er raste mit vollem Tempo ungebremst gegen den Brückenpfeiler kurz vor dem Kreisverkehr.

Das Führerhaus wurde völlig zerschmettert und die Airbags öffneten sich. Aber bei diesem Tempo waren sie sinnlos. Der Fahrer wurde beim Aufprall in Stücke gerissen. Trümmer flogen durch die Gegend und erreichten auch den Gegenverkehr. Die Bremsen der anderen Verkehrsteilnehmer quietschten, ein paar leichte Auffahrunfälle entstanden und dann war alles still.

Die Polizei nahm die Zeugenaussagen an der Unfallstelle auf. Trotz der großflächigen Absperrung kamen immer mehr Schaulustige hinzu, die die Ermittlungen erschwerten. Ein Abschleppunternehmen war damit beschäftigt, die Pkw von der Straße zu holen. Einer der Schlepperfahrer entdeckte unter einem der beschädigten Autos eine abgerissene Hand, welche ein Klemmbrett mit Papieren festhielt. Ihm wurde schlecht bei dem Anblick und er übergab sich.

Einer der Polizisten eilte herbei und half dem Mann auf. Dieser zeigte stumm unters Fahrzeug und der Beamte rief einen der KTU-Kollegen hinzu.

„Honk, könntest du das mal bitte eintüten?", fragte der Polizist. Der Rechtsmediziner kam dem wortlos nach. Diese Unfallstelle erinnerte ihn an die Ereignisse vor einigen Monaten bei Hohenlockstedt.

„Hoffentlich nicht schon wieder so ein Höllenbiest auf Freigang.", murmelte er leise.

„Wie bitte?", fragte der Polizist.

„Oh ... nichts. Ich habe nur laut gedacht."

Honk sah sich das Klemmbrett an und wurde stutzig. Die letzte Lieferadresse war ein Karl Töngens in Wilster. Der Name kam ihm bekannt vor. Er zog sein Handy aus der Tasche und wählte Jonas Drakes Nummer.

Conny Peters stand auf dem Südturm der Komturei und beobachtete den Sonnenaufgang. Dabei dachte sie über die Ereignisse der vergangenen zwei Tage nach. Trotz der schlimmen Dinge, die passiert waren, gelang es ihr, sich etwas abzulenken. Sie war fasziniert von den Wesen und den Templern, die sie hier kennengelernt hat. Sie hätte nie geglaubt, sich auf Anhieb irgendwo außerhalb ihres Zuhauses so wohl und sicher zu fühlen. Der Moment, in dem Delia ihr und ihrem Vater ihr wahres Gesicht offenbarte, hatte sich förmlich in ihr Gedächtnis eingebrannt. Sie strahlte eine Macht und Starke ihr gegenüber aus die die junge Frau beeindruckte. Connys Neugier stiftete sie dazu an mehr über die Dämonin zu erfahren.

So in Gedanken vertieft bemerkte sie gar nicht, dass sich ihr jemand näherte.

„Guten Morgen. Ein Muntermacher gefällig?", unterbrach sie eine sanfte Männerstimme. Sie drehte sich um und sah einen großgewachsenen Mann mit einem nachtschwarzen etwas breiterem aber kurzgeschnittenen Irokesenschnitt, der einem schwarzen Anzug trug. Er lächelte sie an und reichte ihr einen Becher Kaffee.

Sie hatte den Mann bis jetzt noch nicht gesehen. Er war ihr fremd aber nicht unsympathisch. Sie nahm den Becher mit dem Heißgetränk entgegen.

„Danke schön. Ich habe Sie noch gar nicht gesehen. Sind Sie einer der Templerbrüder?"

Der Fremde kratzte sich am Hinterkopf.

„Oh, ich ... nein. Ich bin ein Bewohner dieser Komturei. Abbé Rolland erzählte mir von neuen Gästen in diesen bescheidenen Mauern und da war ich neugierig.", antwortete er lächelnd.

„Es passiert immerhin nicht täglich, dass Menschen unter unseren Schutz gestellt werden."

„Sind Sie auch ein ... Wesen?", fragte Conny ihn zaghaft. Der Mann sah ihr in die Augen. Während er das tat, leuchteten die seinen kurz gelb auf. Das Mädchen errötete.

„Okay, Beweisaufnahme beendet."

„Oops, da fällt mir ein, ich habe mich ja noch gar nicht vorgestellt. Mein Name ist Caldor."

Conny konnte sich der Ausstrahlung des Mannes nicht entziehen. Auf seltsame Weise fühlte sie sich zu ihm hingezogen. Sie konnte sich nicht erklären warum, aber es war so. Auch wenn sie von Abbé Rolland am Vorabend schon mächtig beeindruckt war, so wirkte dieser Mann nahezu magnetisch auf sie. Sie hatte bis jetzt keine Erfahrung mit Jungs, weshalb ihre Freundinnen und auch ihre verstorbenen Schwestern sie gerne als ‚*eiserne Jungfrau*' hochgezogen haben. Ihr Gegenüber schien das zu erkennen und schmunzelte.

„Was ist so lustig?", fragte Conny leicht irritiert.

„Nichts, aber Sie scheinen gerade ein kleines Gefühlschaos zu erleben."

„Oh oh. Ist das so offensichtlich?" Die Röte trat ihr diesmal sofort ins Gesicht. Es war ihr peinlich.

„Entschuldigung, ich wollte Sie nicht in Verlegenheit bringen."

In diesem Moment flirrte die Luft und Delia erschien neben den beiden.

„Guten Morgen. Ich möchte die Zweisamkeit ja nicht stören, aber wir sollen in den Speisesaal kommen. Yasmina und Jonas kommen gleich und bringen Neuigkeiten mit."

„Na dann mal los.", sagte Caldor und ging mit den beiden Frauen die Treppe des Turms hinunter. Unten angekommen begegneten sie Abbé Rolland.

„Hallo, ihr habt euch schon miteinander bekannt gemacht? Das freut mich.", begrüßte er den Dämon und das Mädchen.

Conny fragte Pierre, warum die Komturei mehr einer Burg, statt einer herkömmlichen Kommende ähnelte.

„Vor einiger Zeit gab es Vorkommnisse, die uns dazu veranlasst hatten, einen Umbau vorzunehmen. Die alte Bauweise war nicht mehr ratsam. Nun ist es eine Festung.", beantwortete er ihre Frage, ohne näher darauf einzugehen. Die wahren Umstände beabsichtigte er nicht zu erklären. Das Mädchen brachte ihn jedoch schnell aus der Fassung.

„Hängt das mit der Schlacht um Tempeldorf zusammen?", fragte sie und war von sich selbst erstaunt. Woher konnte sie davon wissen, wenn sie vorher nicht einmal wusste, dass es Tempeldorf überhaupt gab und sie von der Komturei nur gehört hatte? Mit großen Augen sah sie den Abbé an.

„Erinnerungsfetzen. Keine Ahnung, woher die kommen.", sagte sie verlegen. Pierre und Caldor sahen sich an und waren mindestens genauso erstaunt.

Das Mädchen hatte das Gefühl schon einmal hier gewesen zu sein, aber sie wusste, dass dem nicht so war. Was passierte in diesen Mauern mit ihr? Die Gedanken überwältigten sie.

„Sorry, ich möchte lieber auf mein Zimmer. Mir ist nicht gut.", sagte sie leise. Caldor sah, wie Conny blass wurde, und nahm sie an die Hand. Er teleportierte sich mit ihr in ihr Zimmer. Dort angekommen legte sie sich auf das Bett und schlief sofort ein. Caldor deckte sie zu und verließ leise den Raum. Vor der Tür grübelte er einen Moment. Da war etwas, was er nicht verstand. Er fühlte sich zu dem Mädchen hingezogen, konnte sich aber nicht erklären warum.

Von ihr ging etwas aus, was er schon seit vielen Jahren nicht mehr verspürt hatte. Nachdenklich begab er sich in den Speisesaal.

6. Der Seelenjäger kommt

Avalon ...

... die sagenumwobene Nebelinsel. Hier lebte die junge Hexe Mia Konrad mit ihrem Gefährten Mark Thomson und ihrem Mentor Myrddin. Nach den Ereignissen auf der Ostseeinsel Fehmarn[1] hatten sie sich hierhin zurückgezogen. In einer verlustreichen Schlacht war es ihnen gelungen, den Fürsten der Finsternis, Asmodeus, zu schlagen und seine Truppen zu vertreiben. Aber sie wussten, dass sie nur einen Kampf gegen das Böse gewonnen hatten, nicht den Krieg. Es war nur eine Frage der Zeit, wann die dunkle Seite zurückschlagen würde.

Mia war mit dem Studium eines alten Buches beschäftigt, als sie eine Stimme in ihrem Kopf vernahm:

Mia, ich brauche deine Hilfe.

Die weibliche Stimme war ihr nicht bekannt. Sie überlegte, ob sie sie nicht doch kannte, kam jedoch zu keinem Ergebnis.

„Wer bist du?", fragte sie.

Wir kennen uns nicht, aber du und deine Freunde habt mich befreit. Nach vielen Jahren in Asmodeus Seelengefängnis seines Reichs konnten wir entkommen.

„Wer ist wir?"

Verirrte Seelen.

„Und ... wie kann ich helfen, vor allem, wobei?"

Ich habe mich in ein Mädchen eingeklinkt, welches in großer Gefahr ist. Nur schaffe ich es nicht, in sie vorzudringen. Sie blockiert, sie sperrt sich.

„Und was soll ich jetzt machen?"

Du musst verhindern, dass sie die Festung der Templer verlässt. Nur dort ist sie sicher vor ihm.

„Sicher? Vor wem?"

Asmodeus Seelenjäger.

„Und wer bist du?"

Alles zu seiner Zeit, Mia. Du musst verhindern, dass er sein Ziel erreicht!

Mit diesen Worten der unbekannten Stimme brach die Verbindung ab. Mia überlegte, wie sie jetzt vorgehen sollte. Sie suchte Myrddin auf und bat ihn um Rat.

„Meister, weißt du etwas über Asmodeus Seelenjäger?"

Er sah sie mit großen Augen an.

„Woher weißt du von ihm, mein Kind?"

---

[1]   „Dämmerung"

Mia erzählte dem Magier von ihrer Unterhaltung mit der Stimme. Sie vermutete eine Falle und war sich unsicher, wie sie handeln sollte.

„Eine Falle wird es nicht sein. Wenn sich eine verirrte Seele meldet und um Hilfe bittet, ist da etwas dran. Der Seelenjäger ist eine gefährliche Kreatur. Das letzte Mal trat er vor über fünfhundert Jahren in Erscheinung. Er bedient sich eines rachedurstigen Menschen und erfüllt dessen Wunsch, bis er auch ihn verschlingt."

„Na großartig. Das heißt, wir haben ein Problem?"

„Das kann man so sagen. Er sammelt so lange, bis er seine Mission erfüllt hat oder gestoppt wird. Er beschränkt sich nie auf seinen Auftrag und ..."

Weiter kam er nicht. Mia verschwand in einer Nebelwolke. Der alte Magier schüttelte mit dem Kopf und rollte mit den Augen. Er stütze sein Kinn auf die Hände und flüsterte seufzend:

„Pass auf dich auf, kleiner Hitzkopf."

Im Morgengrauen verließen Jonas und Yakup die Komturei und fuhren zu der Adresse, die Honk ihnen übermittelt hatte. Sie nahmen sich vor, die letzte Anfahrtstelle des Transportfahrers mal unter die Lupe zu nehmen. Nach knapp dreißig Minuten hatten sie ihr Ziel erreicht.

Frühnebel hüllte die alte Villa und deren Umgebung in ein unheimliches Licht. Das Gebäude machte den Eindruck, als würde es jeden Moment einstürzen. Jonas parkte seinen Volvo direkt vor dem Treppenaufgang des Gemäuers.

„Und das ist die Lieferadresse des Spediteurs? Ich kann mir nicht vorstellen, dass hier tatsächlich jemand wohnt.", äußerte Yakup sich.

Die Kripobeamten verließen das Auto und nahmen das Gelände in Augenschein. Der Nebel schluckt bekanntlich ja viele Geräusche, aber hier gab es nichts an Nebengeräuschen, die in der Natur normalerweise anfallen. Kein Vogel zwitscherte, kein rascheln im Unterholz war zu hören. Selbst der Wind schien seinen Atem angehalten zu haben.

„Ich gehe links rum, du rechts. Wir treffen uns dann hinten wieder.", sagte Jonas. Sein Freund nickte bestätigend und setzte sich in Bewegung. Nach ein paar Schritten bemerkte er, dass Yakup neben ihm ging. Jonas blieb stehen und sah den großen Türken vorwurfsvoll an.

„Hast du eine Rechts-links-Schwäche?"

„Warum?"

„Weil ich das andere rechts meinte!"

„Oh ... ja.", gab Yakup verlegen zurück und ging in die entgegengesetzte Richtung.

Die aufsteigende Kälte verwunderte ihn. Die Temperatur war in den letzten Minuten um ein paar Grad gefallen. Er kannte dieses Phänomen schon aus der Vergangenheit. Die Erinnerungen an den Fall in Ginderburg kamen wieder in ihm hoch. Damals trafen sie dort auf Geister in einem Dorf, welches alle einhundert Jahre erschien[1].

Yakup zog seine mit Silberkugeln geladene Beretta und lud sie durch. Ohne Vorwarnung traf ihn ein Schlag in den Nacken. Bewusstlos brach er zusammen.

Jonas hatte das Haus bereits umrundet und stand wieder am vorderen Eingang. Obwohl er Yakup eigentlich auf der Rückseite hätte treffen müssen fehlte von seinem Freund und Kollegen jede Spur. Er war einfach verschwunden. Oder versuchte er, ihn wieder zu veräppeln? Das wäre ja nichts Neues, aber daran wollte Jonas nicht wirklich glauben. Er zog seine Pistole und lud sie durch. Sein Atem erzeugte sichtbare Wolken vor dem Mund. Da fiel ihm auf, dass die Temperaturen gesunken waren. Er kannte das schon. Dieses Phänomen tauchte meistens in der Verbindung mit Geistern auf. An seiner Brust wurde es warm und er realisierte, dass ihn das Schutzamulett welches er an einer Kette trug, vor Gefahr warnte. Das Amulett, ein Pentakel mit Kristallen, hatte Johann ihm vor einiger Zeit gegeben[2]. Er hatte es auf Anraten seines Ziehvaters seitdem nicht mehr abgelegt.

Der Hauptkommissar sah sich aufmerksam um, konnte aber nichts Verräterisches entdecken. Er ging den Weg, den Yakup eingeschlagen hatte nach. An der rechten Außenwand entdeckte er die Pistole seines Freundes im Gras liegen. Die war ihm vorher nicht aufgefallen. Er hob die Waffe auf und verstaute sie in seiner Manteltasche. Leises Rascheln hinter ihm ließ seine inneren Alarmglocken schrillen, aber zu spät. Ein wuchtiger Schlag auf den Hinterkopf schickte ihn ins Reich der Träume.

Caldor betrat lautlos Connys Zimmer und weckte sie sanft.

„Hey Schlafmütze. Zeit zum Aufstehen.", sagte er leise. Sie schlug die Augen auf und schaute ihn verärgert an.

„Haben Sie schon mal was von anklopfen gehört?", maulte

---

[1]   „Das Dorf hinter dem Nebel – Königin der Wölfe"

[2]   „Die Schuld der Ahnen – Königin der Wölfe"

sie ihn an.

„Soll das ein Witz sein? Ich habe hier schon Löcher ins Holz geprügelt, weil Sie nicht reagiert haben. Da habe ich mir Sorgen gemacht und ...“

„Tut mir leid. Ich wollte Sie nicht anpampen.“, entschuldigte sich das Mädchen bei dem Dämon.

Caldor überspielte seine Verärgerung mit einem Lächeln.

„Schon gut. Die letzten Tage und die neue Umgebung, dass ist bestimmt nicht einfach für Sie.“

Er berührte ihre Hand und zuckte erschrocken zurück. Ein Lichtblitz zuckte vor seinem inneren Auge entlang. Für den Bruchteil einer Sekunde sah er Bilder, die ihn aus der Fassung brachten. Eine junge Frau, deren Gesicht er schon mal gesehen hatte, eine Burg, halb zerfallen und dann ein an eine Wand geketteltes Skelett. Ein Ring, der auf einem Fingerknochen steckte.

„Habe ich etwas falsch gemacht?“, fragte Conny und sah ihn mit großen Augen an.

„Nein ... alles ... alles okay.“, stammelte Caldor und verließ fluchtartig den Raum.

Zurück blieb ein verwirrtes Mädchen, dem alles immer komischer vorkam ...

Der faulige modrige Geruch kroch aufdringlich in Jonas Nase. Angewidert öffnete er die Augen. Ihm brummte der Schädel, aber der Schmerz am Hinterkopf ließ langsam nach. Er fasste sich an die pochende Stelle und sah auf seine Finger. Ein bisschen Blut glänzte auf seinen Fingerkuppen.

„Aua.“, grummelte er. Dann bemerkte er das metallische rasseln und stellte fest, dass er an der Wand angekettet war. Er sah sich um, so gut die Lichtverhältnisse es zuließen.

Fahles Mondlicht leuchtete in das Verlies, in dem er saß. Auf der gegenüberliegenden Seite sah er eine Gittertür.

„Na großartig. Da hast du dich ja echt toll überrumpeln lassen.“, sagte er zu sich selbst.

„Aber sowas von!“, erklang eine Männerstimme nicht weit von ihm entfernt.

„Yakup?“

„Nein. Chewbacca.“

„Ha, der Nacktmull aus dem Norden.“, unkte Jonas.

„Außer uns ist wohl kaum einer so blöd in dieselbe Falle zu tappen.“, knurrte Yakup geknickt.

„Hey, war das jetzt wirklich so neu für dich?“

„Nicht wirklich.“

„Hast du eine Ahnung, wie wir hier wieder rauskommen?

Äh ... wo sind wir hier eigentlich?"

„So wie es aussieht unterhalb der Villa."

Jonas wirkte abwesend und antwortete nicht.

„Warum sagst du nichts? Alles Okay bei dir?", fragte Yakup.

„Ja. Ich habe versucht Kontakt mit Yasmina und den Mädels aufzunehmen, aber alles ohne Erfolg."

„Dann gibt es nur zwei Möglichkeiten: Entweder schalten die Mädels auf stur oder wir sind an einem Ort, wo die mentalen Buschtrommeln nicht funktionieren."

„Ich kaufe ein Ü und möchte lösen."

„Bing, bing, bing, bing ..."

„Yakup, sachlich bleiben bitte."

„U-Umlaut, U-Umlaut, U ...“

„Yakup! Es reicht! Ich muss mich konzentrieren!", nörgelte Jonas verärgert.

Seine Ketten waren lang genug, um sich relativ frei bewegen zu können. Er stellte fest, dass ihm die Pistolen abgenommen wurden, der Dolch jedoch war noch an seinem Gürtel. Das ließ nur zwei Möglichkeiten zu. Entweder hatte der Typ, der ihn niederschlug die Waffe übersehen oder konnte sie nicht berühren, weil sie aus massivem und geweihtem Silber bestand. Mit ein wenig Geschick gelang es Jonas, den Dolch aus der Scheide zu ziehen. Er friemelte so lange an dem Schloss der Kette herum, bis eine Hand befreit war. Dann nahm er sich die anderen drei am rechten Unterarm und den Füßen vor. Zum Glück waren es nur uralte Vorhängeschlösser. Somit hatte er leichtes Spiel. Dann richtete er sich auf und steckte den Dolch wieder zurück.

„Äh ... hallo? Und was ist mit mir?", fragte Yakup vorwurfsvoll.

„Du passt auf, dass niemand reinkommt."

„Und was machst du?"

„Ich gehe einen Kaffee trinken."

„Ui toll. Bringst du mir bitte einen mit? So ... mit zwei Milch?"

Jonas schüttelte den Kopf und rollte mit den Augen. Ein bisschen doof ist ja ganz niedlich, aber manchmal war Yakup einfach zu niedlich. Er mochte den großen Türken trotz seiner Macken und er verdankte ihm mehrfach sein Leben. Sowas vergisst man nicht, auch wenn er ihm zeitweise tierisch auf die Nerven ging mit seinen Gags und seiner manchmal chronischen Verpeiltheit.

„Warst du heute Morgen schon wieder bei der Pillenausgabe nicht dabei? Dachtest du jetzt echt, ich lasse dich hier zurück?", sagte Jonas grinsend und befreite seinen Freund und Kollegen von den Ketten. Sie gingen zu der Gittertür und blieben davor stehen.

„Jetzt müssen wir nur noch schauen, wie wir das Ding aufkriegen.", sagte Jonas.

Yakup zog die Kerkertür einfach auf.

„So zum Beispiel?"

Bruder Raul kam gerade mit dem VW-Transporter aus Tempeldorf zurück. Er hatte für die Komturei eingekauft und der Kastenwagen war gut mit Fleisch, Gemüse und allem was für die Versorgung der Templer und ihrer Gäste nötig war beladen. Als er auf die breite Zufahrtsstraße zu der riesigen Festung einbog, fiel ihm der alte Leichenwagen auf, der ihm entgegenkam. Aus Erzählungen der beiden neuen Gäste aus Kellinghusen, sowie von Jonas und Yasmina, schien es sich um das unheimliche Fahrzeug zu handeln, das hier in der Gegend für Aufregung sorgte.

Die Scheibe des Totenkombis war ein Stück geöffnet. Bruder Raul erkannte ein hageres eingefallenes Gesicht mit stechendem Blick. Kaum hatte er das unheimliche Auto passiert, trat er aufs Gaspedal. Der Bulli beschleunigte. Der Kriegermönch wollte nur schnell zurück in die Komturei. Am Haupttor angekommen wurde es sofort geöffnet. Er fuhr hindurch und die Brüder schlossen das wuchtige Tor wieder. Unterdessen parkte er den Wagen direkt vorm Eingang des Wirtschaftsgebäudes. Bruder Raul verließ den Transporter und stürmte in das Hauptgebäude. Nach ein paar Minuten der Suche fand er endlich Pierre Rolland. Völlig aus der Puste und schwer atmend stammelte er aufgeregt:

„Der Leichenwagen der gesucht wird, er kam mir eben auf dem Weg hierher entgegen. Informiert Jonas."

Pierre sah ihn düster an.

„Hast du es noch nicht gehört?"

„Was denn?"

„Jonas und Yakup werden seit vorgestern vermisst.", sagte er, räusperte sich und fuhr fort.

„Sie sind nicht über ihre Handys zu erreichen und auch die mentalen Fähigkeiten von unseren wundervollen Grazien sind wirkungslos. So als würden die beiden nicht mehr existieren."

Bruder Raul sah den Abbé entsetzt an.

„Weiß man denn, wo sie zuletzt waren?"

„Ja, Jonas Auto wurde an einer alten Villa am Ortseingang von Wilster gefunden. Laut Nick ist dort ein Beerdigungsinstitut, welches aber schon seit Ende der 70er Jahre nicht mehr existiert. Die Durchsuchung des Geländes und des Hauses hat nicht viel gebracht. Außer den Pistolen der beiden wurde nichts gefunden. Und das merkwürdige ist, die Waffen waren verrostet, so als hätten sie seit vielen Jahren im Wasser gelegen."

„Ist es sicher, dass es die Pistolen der beiden sind?"

„Im KTU-Labor wurde es anhand der Seriennummern bestätigt. Und das Auto ... es ... siehe selbst", sagte der Abbé und zeigte Raul ein Foto des schwarzen Volvos.

Der Ordensbruder war geschockt. Er sah auf dem Foto ein altes, vergammeltes Wrack, welches mindestens fünfzig Jahre an Ort und Stelle im Freien gestanden hat. Er schüttelte mit dem Kopf.

„Wie kann das sein? Ich habe den Wagen mit Nick vor knapp zwei Wochen direkt beim Händler abgeholt. Das war ein Neuwagen."

7. VERMISST

Yasmina rannte wie ein kopfloses Huhn in der Wohnung auf und ab. Sie war um ihren Mann besorgt.

„Hey, es bringt nichts, wenn du Furchen in den Acker latschst. Du tigerst jetzt schon seit Stunden auf und ab.", ermahnte Anya ihre Freundin. Die junge Frau war genauso besorgt und wusste ebenfalls nicht mehr weiter, behielt aber trotz der Situation einen kühlen Kopf.

„Hat er sein Amulett dabei?"

„Ja. Er hat es seit kurz vor den verheerenden Angriffen Asmodeus und Alenyas nicht mehr abgelegt."

Anya hatte eine Idee.

„Ich wüsste, wer uns vielleicht weiter helfen könnte."

„Vanessa?"

„Ja."

„Dann lass uns sie suchen."

„Klingt nach einem Plan."

„Sich überschneidende Dimensionen.", erklang hinter Pierre und Raul, die erschrocken zusammen zuckten, eine männliche Stimme.

„Die Polizisten, die in dem Haus und auf dem Grundstück waren, hatten Glück, dass sie noch hier sind.", führte der Ex-Dämon weiter aus, der unbemerkt hinter den beiden Templern erschienen war.

„Caldor, musst du uns so erschrecken?", fragte der Abbé.

„Ich liebe dramatische Auftritte. Eigentlich müsstet ihr euch doch schon daran gewöhnt haben.", erwiderte der Dämon.

„Es gibt eben Dinge, an die gewöhnt man sich nicht so schnell. Aber nun mal was anderes. Wie gehen wir jetzt vor?", äußerte Pierre sich nachdenklich.

„Keine Ahnung. Anya und Yasmina kommen gleich und holen uns ab, dann fahren wir zu der ominösen Villa."

„Warum benutzt ihr nicht eure Teleportationskraft?"

„Nick und Jonas sind der Meinung, dass wir in der Öffentlichkeit nach Möglichkeit darauf verzichten sollten, um kein weiteres Aufsehen zu erregen. Es haben schon zu viele Menschen mitbekommen. Außerdem ist es anstrengend ihnen die Erinnerungen zu nehmen, wenn sie es sehen."

„Okay, klingt logisch."

Caldor strich sich durch seinen schwarzen breiten Irokesenkamm.

„Raul.", begann der Ex-Dämon.

„Du, Ariel und Delia bewacht Conny und Wolfgang, solange wir weg sind."

„Ja, machen wir.", bestätigte der Ordensbruder. Pierre verließ unterdessen den Raum. Caldor fragte ihn, was er vorhabe.

„Ich werde mich eben umziehen und bewaffnen. Ich bevorzuge es, nicht unvorbereitet in eine mögliche Falle zu laufen und schon gar nicht unbewaffnet."

„Klingt vernünftig."

„Willst du dich nicht bewaffnen?"

Caldor zog eine Augenbraue hoch und schaute den Templer an.

„Schon vergessen? Ich *bin* eine Waffe.", antwortete der große Mann.

Jonas und Yakup schlichen mit Fackeln den Gang des unterirdischen Gewölbes entlang. Sie bewegten sich so lautlos wie nur irgend möglich. Sie erreichten am Ende des Tunnels einen großen Raum, in dem in der Mitte ein steinerner Sarkophag stand. Sie sahen in die uralte Ruhestätte und entdeckten darin einen in mehrere Teile zerlegten mumifizierten Körper. Die Körperteile waren jeweils mit einem Dolch aus Silber im Inneren des Steinsargs festgenagelt. Aus der Stirn des abgetrennten Kopfes ragte der kreuzförmige Griff einer ebenfalls silbernen Stichwaffe. Jonas identifizierte ihn als den einer Frau. Ein eiskalter Schauer kroch über seinen Rücken und er wurde blass. Yakup bemerkte es und fragte seinen Freund:

„Was hast du? Du siehst aus, als hättest du einen Geist gesehen."

„Kann man so sagen."

„Machs nicht so spannend. Wer ist das da und wo sind wir?" Jonas sah seinem Freund in die Augen und antwortete mit rauer Stimme.

„Diese Gruft ist unterhalb Kildarings und es ist Alenyas Grab!"

„Aber die ist tot. Sie wurde auf Fehmarn von den Mädels vernichtet."

„Also wirklich lebendig sieht sie hier zum Glück auch nicht aus. Aber irgendetwas ist hier anders als damals."

„Wieso? Wie meinst du das?"

Jonas zeigte in die Ecke an der linken Wand.

„Da lag damals ..."

„Ein Skelett und die Dolche. Der Sarg war leer. Ich erinnere mich wieder.", unterbrach der große Türke seinen Freund und Kollegen.

„Und der Gang war nicht so lang."

„Richtig."

Yakup kratzte sich am Hinterkopf.

„Hier stimmt etwas nicht.", murmelte er.

„Absolut nicht. Wir sind definitiv nicht unterhalb der Villa."

„Und ... wie kommst du jetzt darauf?"

„Na ja, soweit ich mich erinnern kann, liegen Wilster und Schottland ziemlich weit auseinander."

„Da habe ich schon mal von gehört."

Jonas runzelte die Stirn.

„Ich denke, dass wir in einer anderen Dimension oder so sind."

„Und wie kommst du jetzt auf sowas? Klingt doch ein wenig zu fantastisch, oder?"

„Echt jetzt?" Jonas sah Yakup ungläubig an.

„Nach all dem, was wir schon erlebt haben, nennst du das hier *zu fantastisch*? Ich nenne das Alltag!"

„Ok ... da könnte was dran sein."

In diesem Moment flirrte die Luft und die Umgebung veränderte sich. Von einem Augenblick auf den anderen standen sie in einem altägyptischen Tempel, der ihnen ebenfalls sehr bekannt vorkam.

„Na toll! Und was kommt als nächstes?", rief Jonas in die große Halle der Anlage.

„Hallo süßer.", hörte er eine ihm bekannte Frauenstimme, auf deren Anwesenheit er aber gerne verzichtet hätte. Dann trat die dazugehörige Person hinter einer der Säulen hervor. Lächelnd schritt die halbnackte gehörnte Frau mit der langen roten Mähne auf ihn zu. Erst als er den glänzenden Körper erkannte, fiel ihm auf, wie heiß es hier drin eigentlich war. Nur ein paar Zentimeter vor ihm blieb sie stehen. Ihre Brustwarzen schienen den transparenten weißen Stoff des Kleides zerreißen zu wollen. Sie sah ihm tief in die Augen, umarmte und küsste ihn innig. Er schob sie mit sanfter Gewalt von sich und war völlig irritiert. Sie fühlte sich warm an und hatte braune Augen. Was lief hier ab? Er hatte sie als ein blutrünstiges und mörderisches Biest in Erinnerung, mit rotglühenden Augen und der Körpertemperatur eines Kühlschranks von innen.

„Alenya? Du bist vernichtet! Das kannst nicht du sein.", sagte er geschockt und wich zwei Schritte zurück.

„Warum kannst du nicht einfach mal tot bleiben?"

„Wieso tot? Was habe ich dir denn getan?", antwortete sie gekränkt mit einer Gegenfrage. Von der aggressiven Teufelstochter, die er kannte, war an dieser Alenya nichts zu merken. Selbst sein Schutzamulett rührte sich nicht.

Scheinbar hatte sie seinen Willen außer Kraft gesetzt und seinen Körper unter ihre Kontrolle gebracht, denn er war zu keiner Bewegung fähig. Er war ihr ausgeliefert. Ehe er sich versah, nestelte sie an seiner Hose herum und, zog sie herunter. Sie ging in die Knie und er spürte die heiße Feuchtigkeit. Er konnte erkennen, wie ihr Kopf sich bewegte. So sehr er auch versuchte, sich zu wehren, es gelang ihm einfach nicht. Zu seinem Entsetzen fand er nach zwei Minuten sogar Gefallen daran. Sie erhob sich, umfasste sanft sein bestes Stück, bewegte ein paarmal ihre Hand hin und her.

„Na da freut sich aber einer mich zu sehen.", flüsterte sie lüstern und lächelte. Ohne mit den Bewegungen aufzuhören küsste sie ihn erneut leidenschaftlich und schmiss ihn zu Boden. Wie aus dem Nichts schossen schwere Ketten aus dem Tempelboden und fixierten ihn dort. Die rothaarige Frau stand breitbeinig und grinsend über dem Polizisten, entledigte sich ihres Kleides und setzte sich auf ihn. Ihr Gesicht näherte sich dem seinen und jetzt erkannte er das Goldkettchen auf ihrer Stirn. Es war kein Wolfskopf in der Mitte, wie er es bei ihr kannte, sondern ein Ankh - das altägyptische Henkelkreuz - das Zeichen für Leben.

Erneut küsste sie ihn heiß und innig. Mit geschlossenen Augen und rhythmischen Bewegungen nahm sie sich stöhnend von dem wehrlosen Mann, was sie wollte.

Nach einer lustvollen halben Stunde erhob sie sich hektisch atmend. Sie streifte sich das Leinenkleid wieder über. Der Stoff klebte wie eine zweite Haut an ihrem makellosen Körper. Lächelnd drehte sie sich um und ging. Erst jetzt bemerkte Jonas, dass die Ketten verschwunden waren.

„Jonas, hey, wach auf.", hörte er aus weiter Entfernung die Stimme seines Freundes. Er schlug die Augen auf und Dunkelheit umgab ihn. Nur das Mondlicht erhellte den Raum, welches durch ein kleines vergittertes Fenster eintrat.

„Wo bin ich?", stammelte er keuchend.

„Wir sind in einem Verlies unterhalb der Villa."

Yakup half seinem Freund auf die Beine.

„Alter, der Typ, der uns umgehauen hat, muss bei dir aber ganz schön zugelangt haben."

„Wieso?"

„Du warst fast zwei Tage bewusstlos."

Jonas fasste sich an den Kopf und fühlte den Punkt, an dem er getroffen wurde.

„Autsch!", zischte er und zuckte mit der Hand zurück. Die Stelle war extrem berührungsempfindlich. Yakup packte sein Handgelenk.

„Nicht dran fummeln. Du hast da recht stark geblutet. Sag mal … was hast du denn Merkwürdiges geträumt? Du hast wirres Zeug gebrabbelt und rumgestöhnt, als wenn dir einer abging.", meinte der große Türke.

„Kannst du mir das mal erklären?"

„Besser nicht, mein Freund.", antwortete Jonas nachdenklich.

8. Der Angriff

Marylin Shrawo hatte das Internet durchforstet und alle Informationen, die sie hatte mit den Vorkommnissen der letzten Tage verglichen. So hatte sie anhand der Zeugenaussagen, die sie gehört hatte, rekonstruiert, woher der Leichenwagen stammte. Einigen Anwohnern war der Name Tönnings ein Begriff und sie fand heraus, dass der damalige Besitzer des Bestattungsunternehmens in seinem Auto mit seiner Familie verbrannt war. Obwohl es strafbar war, sich als Polizeibeamtin auszugeben, hatte sie es trotzdem gemacht. Sie griff zum Telefon und wählte die Nummer der Komturei, da sie wusste, dass sie Nick Hübner dort erreichen würde. Bruder Raul reichte sie weiter.

Marylin wollte von ihren Recherchen berichten. Statt sich zu bedanken bekam die junge Frau erstmal einen Einlauf.

„Hast du dir mal überlegt, in welche Scheiße du dich da reinreitest, wenn das rauskommt? Das ist Amtsanmaßung und kann Knast bedeuten." Er weitete seine Standpauke noch aus und ging ins Detail. Als hätte Marylin das gar nicht gehört fragte sie:

„Willst du meine Ergebnisse nun hören oder nicht?"

„Okay, schieß los.", knurrte er.

Sie berichtete ausführlich.

„Das ist lieb gemeint, aber soweit waren wir auch schon."

„Auch, dass sich unter dem Anbau der Villa ein Kerker mit Folterkammer aus dem späten 17. Jahrhundert befindet und das Töngens einen Sohn aus erster Ehe hatte?"

„Oh ... Das ist mir neu. Gute Arbeit."

Marylin bemerkte, dass es schlagartig eiskalt in ihrem Wohnzimmer wurde. Angst breitete sich in ihr aus. Ihr Atem bildete kleine Wölkchen vor dem Mund.

„Nick, irgendetwas stimmt hier nicht, ich ..."

Sie schrie in Panik auf. Vor ihr hatte sich eine dunkle Gestalt mit einem Kapuzenmantel materialisiert. Ein Totenschädel mit rotglühenden Augen lugte unter dem Mantel hervor. Gäbe es noch Fleisch auf den Knochen, hätte sie das diabolische Grinsen sehen können.

Nick hörte den angsterfüllten Schrei und dann brach die Verbindung ab. In Panik um die junge Frau rannte er in den Innenhof der Komturei.

„Ariel!", rief er, so laut er konnte. Einen Augenblick später stand sie ein Mettbrötchen kauend vor ihm.

„Warum brüllst du denn so laut, Schatz?"

„Weil ich äußerst dringend deine Hilfe brauche.", antwortete er und erzählte ihr in Kurzform, was passiert ist. Sie stopfte sich das Brötchen im ganzen in den Mund und ohne zu zögern, teleportierte der Engel sich und ihren Liebsten in Marylins Wohnung.

Was sie sahen, ließ ihnen das Blut in den Adern gefrieren. An einem Kabel, das von der Decke hing, zappelte eine nach Luft ringende Frau. Mit hochrotem Kopf und hervorquellenden Augen versuchte sie sich die Schlinge mit den Händen vom Hals zu entfernen, aber es gelang ihr nicht.

Ariel griff zwischen ihre Schultern und zog das Flammenschwert hervor, mit dem sie das Kabel durchtrennte. Nick fing Marylin geistesgegenwärtig auf und befreite die röchelnde und nach Luft ringende Frau von der Leitung. In diesem Moment tauchte das Skelett mit dem Mantel auf. Es bewegte seine Knochenhand in Marylins Richtung und Ariel schlug ihm den Unterarm ab. Scheppernd fiel er zu Boden und zerfiel zu Staub. Brüllend zog sich das Ungeheuer zurück.

„Was zum Henker war das?", krächzte die Frau.

„Das war der Seelenjäger, ein Handlanger Asmodeus.", beantwortete Ariel die Frage.

„Viel Zeit zum ausruhen lässt uns dieser gehörnte Bastard ja wirklich nicht.", warf Nick ein.

„Der Seelenjäger handelt auch ohne Asmodeus Befehle."

„Muss mich das jetzt beruhigen?"

„Kann es, muss es aber nicht."

„Toll! Sind wir ihn los?"

„Vorerst, aber der wird bestimmt zurückkehren, solange er seinen Auftrag nicht beendet hat."

„Dann lass uns hier verschwinden, bevor er wiederkommt."

Nick half Marylin auf die Beine, holte ihren kleinen Sohn aus seinem Zimmer und eilig verließen sie die Wohnung.

Ein Blitz schlug in der Mitte des Innenhofs der Komturei ein. Die Wucht ließ Grassklumpen und lose Erde explosionsartig in alle Richtungen fliegen. Ein Krater, aus dem Rauch aufstieg, war entstanden. Aus diesem qualmenden Bodenloch schritt eine über zwei Meter große Gestalt heraus. Der schwarze Kapuzenmantel klappte auf und blanke Knochen waren zu erkennen. Aus glühenden Augenhöhlen des Totenschädels starrte die Kreatur die aufgeschreckten Templer an.

Entgegen seiner Natur zeigte das Monstrum sich nicht einer einzigen Person, sondern einer breiten Menge. Der Seelenjäger verlangte nach Opfern und er tötete jeden, der sich ihm in den Weg stellte. Einer der Templer zog sein Schwert und attackierte das übergroße Skelett.

Ein schauriges dumpfes Lachen, welches eher einem Grollen glich, erklang unter der Kapuze. Er griff den Kopf des Ritters und brach ihm mit einer Bewegung das Genick. Die Seele des Kriegers verließ den toten Körper und verschwand in der knöchernen Fratze des Dämons. So erging es noch acht weiteren Ordensbrüdern, die sich der Bestie entgegenstellten. Unbeeindruckt von der Gegenwehr der Mönchsritter bahnte sich der Seelenjäger seinen Weg. Seine Kraft wuchs mit jedem Opfer.

Bruder Raul stellte sich der Kreatur todesmutig entgegen. Er hob seine mit Silberkugeln geladene Maschinenpistole hoch.

„Nimm das du Monster!", schrie er und drückte ab. Die Kugeln zerfetzten den Mantel und hämmerten in die Knochen des großen Skeletts, ohne Schaden anzurichten. Die Kreatur lachte und fegte den Templer mit einem Ruck weg.

Bruder Raul flog durch die Luft und krachte durch die Stallwand, wo er vor der Pferdetränke bewusstlos liegen blieb.

Unbeirrt stapfte die Kreatur zum Wirtschaftsgebäude der Komturei. Die massive Eichentür zerbarst unter einem Schlag der knöchernen Faust.

„Seht mal, wer zum Essen kommt!", grollte das Monstrum

und betrat das Gemäuer.

Vom Kampflärm, den Schüssen und dem Geschreie der Templer aufgeschreckt rannten Wolfgang und Conny aus ihren Quartieren nach unten in den Speisesaal. Die riesige Eichentür zerplatzte in tausende Splitter, die wie Geschosse umher flogen. Der Mann warf einen der Tische um und stieß seine Tochter zu Boden, dann ging er selbst in Deckung. Wie Pfeile bohrten sich die Holzstücke der Tür in die Tischplatte und weitere Möbel des Raumes.

„Wir sind ja sowas von im Arsch.", sagte er resignierend. Conny sah ihn an. Ihre Augen blitzten rot auf und sie erhob sich.

„Noch nicht!", knurrte sie. Die Fingernägel des Mädchens wuchsen und in den Handflächen entstanden Feuerbälle, die sie auf das Monsterskelett abfeuerte. Sie trieb das Ungeheuer mit jedem Wurf weiter aus dem Gebäude hinaus. Der Mantel des Seelenjägers fing Feuer und brannte lichterloh. Wie eine übergroße Fackel stand die Bestie fassungslos da. Der Angriff kam für ihn unerwartet. Mit einer so mächtigen Gegenwehr hatte er nicht gerechnet.

Das Mädchen hatte ihn bis auf die Mitte des Innenhofes zurückgedrängt und stand kalt lächelnd in dem Loch in der Wand, wo vor ein paar Minuten noch eine massive Tür war.

„Reicht es dir oder möchtest du noch mehr?", fragte Conny ihn und ihre Augen leuchteten jetzt grellrot.

Der Seelenjäger sah das Mädchen verachtend an.

„Gut gebrüllt, Hexe!", fauchte die Kreatur und verschwand in einer Rauchsäule.

Conny brach auf der obersten Stufe des Eingangs zusammen. Im selben Augenblick erschienen Nick, Ariel und Marylin. Der Polizist drehte sich mit dem kleinen Jungen auf dem Arm um und sah die Verwüstungen.

„Was ist denn hier passiert?", fragte er, bekam aber keine Antwort. Dann sah er Conny am Boden liegen. Er übergab das Kind seiner Mutter und eilte zu dem bewusstlosen Mädchen. Sie blutete leicht aus der Nase. Ihr ebenfalls aufgetauchter Vater nahm den Kopf seiner Tochter auf seinen Schoß.

„Conny, wach auf. Sag doch was.", stammelte er besorgt.

Nick fasste dem Teenager an den Hals und versuchte, den Vater zu beruhigen.

„Sie lebt. Sie ist nur bewusstlos."

Erst jetzt fiel den beiden Männern auf, dass Connys Haare weiß waren, wie die eines Albinos.

„Wie kann denn sowas passieren?", fragte Wolfgang geschockt.

„Durch Stress und gewisse Vitaminmangel. Aber mich würde viel mehr interessieren, ob es unter Ihren Vorfahren Hexen gab."

Der Vater des Mädchens überlegte und schüttelte den Kopf.

„Nein, nicht das ich wüsste."

Ariel kniete sich hin und fasste dem Teenager an die Stirn.

„Der Seelenjäger wurde nicht von Conny zurückgedrängt. Etwas oder jemand hat Besitz von ihr ergriffen und somit alle hier gerettet. Das muss für ihren Körper unsagbaren Stress bedeutet haben. Dafür sprechen die Haare und das Nasenbluten.", erläuterte der Engel.

„Aber sie wird sich schnell wieder erholen.", beruhigte sie den Vater des Mädchens, dessen besorgten Blicke ihr nicht entgangen waren. Nick sah seine Freundin ratlos an.

„Aber wer übernahm sie?"

„Keine Ahnung. Wer immer das war, hat sich so gut isoliert, dass ich nichts erkennen kann. Vorerst sollten wir einfach nur dankbar dafür sein."

Caldor und Pierre sahen sich den verrosteten Volvo genau an. Es war für sie ein Rätsel, wieso das nicht mal vierzehn Tage alte Auto in diesem Zustand war.

„Tatsächlich sich überschneidende Dimensionen?", fragte der Templer.

„Sieht ganz danach aus."

Der Ex-Dämon hielt seine Nase in den Wind und versuchte Jonas und Yakup zu wittern, aber fand keine Spur von den beiden.

Yasmina und Anya tauchten unmittelbar vor den Männern auf. In der Zwischenzeit in der sie das Autowrack inspizierten, hatten sich die Frauen in der Villa umgeschaut. Beide machten einen geknickten und äußerst traurigen Eindruck.

„Was ist passiert?", fragte Pierre.

„Das ... das solltet ihr euch besser selbst ansehen.", erwiderte Anya bedrückt. Zu viert betraten sie das alte Gemäuer. Es war in dem großen Haus alles verwittert und verfallen. Löcher in der Decke, Schutt auf dem Boden. Das einst prachtvolle Gebäude hatte seit mindestens vierzig Jahren die besten Zeiten hinter sich. Spinnweben, Staub und Dreck überdeckten den Glanz der Vergangenheit.

„Die Bude ist ja reif für die Abrissbirne.", murmelte Pierre, als er sich umsah.

„Du bist nicht zufällig etwas pingelig?", fragte Caldor.

Tapetenreste hingen verfaulend von den Wänden, Deckenbeleuchtung hielt sich nur an Kabelresten und Flächenweise war der Putz abgefallen, der auf dem Boden größere Haufen gebildet hatte.

Der Abbé sah ein Flimmern und zittern, indem es für einen Sekundenbruchteil in dem Haus aussah, wie frisch renoviert. Er schüttelte den Kopf und folgte den anderen in den Keller. Sie kamen an eine offen stehende Gittertür. Yasmina und Anya blieben davor stehen, als Pierre und Caldor das große Verlies betraten. Der Schock traf die beiden tief, genau wie die Frauen kurz zuvor.

Zwei Skelette lehnten aneinander an der Wand. Eines davon trug einen langen Ledermantel. Auf dem Boden vor ihnen lag ein weiteres Knochengerüst ohne Kopf in einem Anzug und in seiner Brust steckte ein silberner Dolch.

Sie hatten Jonas und Yakup gefunden.

Conny sah geschwächt in die Runde der sie umgebenen Personen. Sie sah in besorgte und verblüffte Gesichter.

„Was ist passiert? Was starrt ihr mich denn alle so an?", fragte das Mädchen.

„Erinnerst du dich an irgendetwas?", stellte Ariel die Gegenfrage.

Conny spürte, dass der Engel es gut mit ihr meinte und mindestens genauso besorgt um sie war wie ihr Vater, nur aus unterschiedlichen Gründen. Sie schüttelte ihren Kopf.

„Nein. Papa stieß mich zu Boden vor einen umgestoßenen Tisch. Dann war da ein warmes Kribbeln und eine leise Stimme die *Entspann dich.*' sagte. Von da an war ich weg vom Fenster."

„Kannst du diese Kräfte, diese Macht steuern?"

„Was willst du eigentlich von mir? Meine Macht oder Kraft besteht darin, in Panik davon zu laufen, wenn es brenzlig wird. Und meine Superkraft ist, unfallfrei Spiegeleier zu braten." Sie sah an sich herunter und entdeckte ihre weiße Mähne.

„Na großartig! Und eine Oma bin ich auch schon!", nörgelte sie, rollte mit den Augen und seufzte. Ariel half dem sichtbar überforderten Mädchen auf die Beine. Wolfgang griff seine Tochter sanft am Oberarm, aber Conny riss sich energisch los.

„Lasst mich doch alle in Ruhe! Ich will einfach nur allein sein!", schrie sie und verschwand im Flur, der zu ihrem Zimmer führte.

Der Vater des Teenagers wollte ihr nach, wurde aber von Ariel davon abgehalten.

„Lassen Sie sie. Es ist für sie nicht einfach, damit klar zu kommen. Was sie jetzt braucht, ist Ruhe."

„Aber sie ist doch mein kleines Mädchen. Ich muss sie beschützen."

„Sie wurde gerade ungewollt zu schnell erwachsen. Die Verschmelzung mit einem übersinnlichen Wesen fordert Conny eine Menge ab. Sie wird von ganz alleine auf uns zukommen, wenn sie es für richtig hält. Finden Sie sich damit ab, dass Conny die längste Zeit Ihr *kleines* Mädchen war!", sagte Ariel mit sanfter, aber bestimmender Stimme.

Eine Stunde später saß Nick grübelnd, mit einem Kaffee in der Hand, mit Wolfgang Peters an einem Tisch im verwüsteten Speisesaal der Komturei.

„Sie können Ariel vertrauen. Ihre Tochter ist bei ihr in guten Händen."

„Was fällt dieser Frau eigentlich ein, über meine Tochter zu bestimmen?", grollte er und sprang auf. Der Stuhl, auf dem er saß, kippte nach hinten über und krachte zu Boden.

„Der werde ich jetzt mal meine Meinung geigen!" Nick packte den aufgeregten Vater an der Schulter und hielt ihn mit sanfter Gewalt zurück.

„Das ... würde ich an Ihrer Stelle lassen. Sie würden den Kürzeren ziehen, und das auf jede nur erdenkliche Weise."

„Ach ja? Was will mir denn ein einen Meter sechzig großes Mädchen entgegenstellen wollen?"

„Sagen wir es mal so: Sie wären nicht der Erste, den man mit einer Schaufel in einen Leichensack packt, weil er Ariel angegriffen hat. Nun setzen Sie sich wieder hin und beruhigen Sie sich. Ariel weiß, was sie tut und will nur das Beste für Conny.", redete der Kripobeamte auf den verzweifelten Vater ein. Der beruhigte sich etwas, hob den Stuhl auf und setzte sich wieder.

„Haben Sie Kinder, Herr Hübner?"

„Ja, habe ich. Zwei Zwillingsschwestern. Von einer weiß ich nicht einmal, ob sie noch lebt."

„Sind die Ihnen davon gelaufen? Würde mich jedenfalls nicht wundern!", antwortete der Mann gehässig. Nick reagierte auf nicht den letzten Kommentar und holte etwas weiter aus.

„Sie haben hier ja nun schon einiges erlebt. Glauben Sie an Vampire, Werwölfe und andere Wesen?"

„Ich bin mir seit kurzem nicht ganz sicher."

„Okay. Es gibt sie. Vor ein paar Jahren wurde ich unfreiwillig in diese Ebene hineingezogen. Seitdem bekämpfe ich mit meinen Freunden Geister, Vampire, Dämonen und so weiter. Vor ein paar Monaten erfuhr ich, dass ich Vater von Zwillingen bin. Bevor die beiden geboren wurden, bevor ich überhaupt wusste, dass meine Frau schwanger war, verließ sie mich und reichte die Scheidung ein. Das ist jetzt neunzehn Jahre her. Durch einen grausamen Zufall erfuhr ich von der Existenz meiner Kinder. Ihre Mutter wurde von einem Vampir getötet, meine Töchter zu Selbigen gemacht. Katharina und Tanja. Kathi ist mit einer weißen Vampirin untergetaucht und wird von ihr ausgebildet. Von Tanja fehlt bis jetzt jede Spur."

„Oh ... Entschuldigung. Ich wusste ja nicht ..." Schlagartig wurde Wolfgang bewusst, dass er dem Polizisten unrecht getan hatte.

„Schon gut." Nick nahm die Abbitte des Mannes entgegen.

„Was ist denn ein weißer Vampir?", fragte Wolfgang nach ein paar Minuten des Schweigens.

„Eigentlich sind Vampire Geschöpfe des Bösen, aber vor Jahrhunderten hat sich eine Rasse zu ihnen entwickelt, die sich den Menschen angepasst hat. Sie sind friedlich und leben unerkannt unter uns."

Hastige Schritte unterbrachen die Unterhaltung. Einer der Templer blieb aufgeregt vor dem Polizisten stehen. Er rang nach Luft und erzählte:

„Bruder Nick wir brauchen deine Hilfe. Bruder Raul, er ..."

„Wo?", fragte der Kripobeamte.

„Im Pferdestall.", antwortete der Ritter.

Nick und Wolfgang folgten dem Ordensbruder zu den Stallungen. Sie sahen Raul in einer Blutlache liegen. Knochen ragten aus seiner Kleidung. Er atmete nur noch schwach.

Ariel, komm schnell zu den Ställen., rief er den Engel telepathisch herbei, der sogleich erschien. Sie untersuchte Bruder Raul sofort und senkte den Blick. Nick sah seiner liebsten in die Augen. Eine Träne kullerte über ihre Wange und sie schüttelte kaum merkbar mit dem Kopf.

Ein Seufzer verließ die Lippen des Templers. Er griff nach den Händen Nicks und des Engels, dann schloss er die Augen für immer. Ein Lächeln umspielte die Lippen des Toten.

„Machs gut mein Freund.", flüsterte Nick. Alle Anwesenden senkten ihre Köpfe und gedachten in einem Moment der Stille dem gefallenen Freund, Bruder und Kampfgefährten.

9. Eine heisse Spur

Yasmina weinte und Anya versuchte, ihre Freundin zu trösten. Erst jetzt wurden sie sich dessen bewusst, was sie vor einigen Augenblicken entdeckt hatten. Pierre sah Caldor groß an und nickte. Er verließ den Kerker und führte die beiden Frauen aus dem Haus. Sie waren fassungslos. Ehemann und beste Freunde waren verloren. Yasmina und Anya teleportierten sich weg. Zurück blieb ein ratloser Templer. Mit gesenktem Kopf wendete er sich wieder dem Haus zu. Auf den Stufen zum Hauseingang fing die Luft an zu flirren und leichter Nebel stieg auf. Instinktiv griff Pierre nach seiner Pistole.

„Ruhig brauner, ganz ruhig.", erklang eine ihm vertraute Frauenstimme aus der Wolke. Erleichtert nahm er die Hand von der Waffe.

„Hey Mia. Was treibt dich hierher?", begrüßte er die rothaarige Hexe und umarmte sie.

„Och, ich mache nur gerade meine ,gucken ob alles in Ordnung ist Promotour', und da dachte ich mir, schau mal beim alten Pierre vorbei.", erwiderte sie grinsend. Der Templer verzog keine Miene.

„Du weißt es noch nicht, oder?", fragte er.

„Was sollte ich denn wissen?"

Er zeigte auf die Villa und sagte bedrückt:

„Wir haben da drin Jonas und Yakups sterblichen Überreste gefunden."

Unbeeindruckt ging die junge Hexe zu dem Volvo-Wrack und sah es sich ausgiebig an.

„Ist nicht so schlimm.", sagte sie.

„Nicht so schlimm? Unsere Freunde sind tot und du sagst sowas?", knurrte er empört.

„Nun mal langsam, alter Freund.", holte sie aus und lenkte ihn zu dem Auto.

„Fällt dir an dem Wagen etwas auf?"

„Ja, er ist Kernschrott.", gab er schroff zurück.

„Nein. Er ist ganz normal. Dieses Gelände und alles, was sich darin und darauf befindet, hängt in einem Dimensionsriss fest. Das, was du hier siehst, ist die Verschmelzung von Gegenwart und Vergangenheit und die ist in ständiger Bewegung. Nur wenn wir jetzt nichts unternehmen wird dies alles hier zur Gegenwart."

„Entschuldige, wenn ich dir nicht ganz folgen kann.", erwiderte er irritiert.

„Aber wie kann das sein?"

„Wie kann es sein, dass ich mich gerade im 21. Jahrhundert mit einem über siebenhundert Jahre alten Templer unterhalte, der erst vor ein paar Jahren auferstanden ist? Du ... hast doch seit ein paar Monaten ein Faible für Star Trek."

„Ja, aber was hat das damit zu tun? Außerdem ist mir das trotzdem zu hoch."

„Hast du ein Glück, dass ich auch männliche Blondinen mag. In der Serie jedoch nennt man das eine Temporale Anomalie oder auch ein Zeitparadoxon.", gab sie lachend zurück. Der Abbé machte jetzt einen noch verwirrteren Eindruck.

„Ich denke, dass ich dir das alles bei einem Becher Met erkläre, wenn dies hier vorbei ist. Nun lass uns in das Haus gehen." Ohne Widerrede folgte der Templer der jungen Hexe.

Jonas bemerkte als erster die sich nähernden Schritte und stupste Yakup an.

„Da kommt einer.", flüsterte er. Er zog seinen Silberdolch und versteckte ihn im Ärmel des Ledermantels, den er trug.

Ein ziemlich verhungert aussehender alter Mann kam mit einer Fackel in das Verlies.

„Ah, die Herren sind wach. Das ist fein.", sagte er kühl.

„Wer sind Sie und warum haben Sie uns hier angekettet?", fragte Jonas schroff.

„Mein Name ist Klaus Töngens, der älteste Sohn von Karl Töngens und ich werde auch Sie erledigen, denn Sie sind mir zu nah auf den Fersen."

„Und warum? Sind Sie für die ganzen Morde verantwortlich?"

Der hagere Mann lächelte diabolisch.

„Mord würde ich es nicht nennen, eher Hilfestellung zum Ableben. Diese Personen haben meine Familie auf dem Gewissen. Von daher steht es mir zu, sie zu bestrafen!", antwortete er gefühlskalt.

„Und warum die Zwillinge, die Mutter der beiden und so?"

„Kollateralschäden. Ihr Pech, das sie mit den Tätern von einst verwandt waren. Außerdem leben die Eltern der Mädchen ja noch."

„Na immerhin da ist Ihnen ein Fehler unterlaufen. Die sind dement und bekommen seit Jahrzehnten nichts mehr mit."

„Das ist ein Irrtum. Die bekommen absolut alles mit. Sie waren die Ersten, die ihre Strafe bekamen. Sie haben keine Demenz, sie haben eine Form des Locked in Syndroms. Sie sollen alles bis zum bitteren Ende erleben. Mit jedem, den ich erledige, leiden die beiden mehr, bis keiner mehr von ihnen übrig ist." Töngens legte eine Pause ein, dann fuhr er fort.

„Wie weit haben Sie Ihre Ermittlungen denn geführt? Wissen Sie denn schon wirklich alles, was damals geschah?"

Jonas überlegte und antwortete:

„Nein, aber Sie werden mich bestimmt gleich damit zutexten."

Töngens überhörte die Bemerkung gezielt.

„Ich war gerade sechzehn Jahre alt, als ich erfuhr, was passiert ist. Mein Vater, meine Stiefmutter und meine Halbgeschwister waren auf dem Weg zur Ostsee. Sie wollten Urlaub machen, der erste Familienurlaub seit langer Zeit. Auf einem abgelegenen Abschnitt der Bundesstraße kam ihnen in einer langgezogenen Kurve ein Wohnmobil entgegen und drängte meinen Vater von der Straße ab. Meine Familie krachte gegen einen Baum. Sie wurden bei dem Aufprall schwer verletzt."

Einen Augenblick schwieg er, dann erzählte er weiter.

„Bis dahin war es ein schrecklicher Unfall und es wäre auch dabei geblieben, hätten der Fahrer des Wohnmobils und seine Freunde nicht beschlossen, es zu vertuschen. Sie sammelten aus dem Wrack alle Papiere und die Kennzeichen ein und übergossen alles mit Benzin. Dann zündeten sie es an und meine Familie verbrannte grausam bei lebendigem Leib. Hätten sie Hilfe gerufen, hätte meine Familie vielleicht überlebt. Es wäre ein tragischer Unfall gewesen, so aber war es kaltblütiger Mord."

Jonas und Yakup waren zwar betroffen von der Erzählung des hageren Mannes, ließen sich aber nichts anmerken. Sie sahen sich an und der große Türke fragte:

„Wie haben Sie denn von der Tragödie erfahren? Mit sechzehn bekam man auch damals keine ausführlichen Informationen."

„Das ist richtig. Ich lebte bei meiner Großmutter, einer Hexe. Sie erlebte aufgrund ihrer Fähigkeiten durch die Augen meiner jüngsten Halbschwester alles mit. Sie war ihr liebstes Enkelkind und sie waren eng miteinander verbunden. So erlebte sie alles minutiös mit. Sie sah und spürte alles hautnah. Monate später, nachdem sie sich wieder erholt hatte, begann sie mich in der Kunst der Magie zu unterrichten. Ich nutzte die erlernten Fähigkeiten um einen Dämon zu beschwören. Meine Großmutter war dagegen und versuchte, mich daran zu hindern, aber ich hörte nicht auf sie. Ich zog es durch und beschwor Rotanev, den Seelenjäger. Leider wurde als Preis für meine Rache meine Großmutter sein erstes Opfer. Dann nahm er sich die Eltern der Zwillingsschwestern Caro und Cora vor. Wir versetzten sie in ihren jetzigen Zustand. Sie sind durch unsere Augen mit den Geschehnissen die kommen und kamen verbunden. Sie haben den Tod jedes Einzelnen bis jetzt live mit erlebt. Bald werden auch das Mädchen in der Komturei und alle die sich darin befinden folgen." Er beendete seine Erzählung mit einem irren Lachen.

Jonas und Yakup sahen sich entsetzt an. Yasmina und seine Freunde, alle hielten sich dort auf. Der Alte vernahm Jonas Gedanken und sagte:

„Eure Zukunft ist bereits geschrieben. Ihr seid schon bald

vergessen. Heute in neunundzwanzig Jahren finden eure Freunde nur noch eure Skelette.", sagte er lachend.

Jonas war irritiert. Wieso redete Töngens von *in neunundzwanzig Jahren*? Wieder las der Alte die Gedanken des Polizisten.

„Sie befinden sich in der Vergangenheit. Ist schon von Vorteil durch die Zeit reisen zu können.", gab er von sich.

Der hagere Bestatter zog einen Revolver aus seiner Jackentasche und trat gegen einen Jutesack am Boden. Er schubste ihn zu den beiden Kripobeamten.

„Und jetzt meine Herren werden Sie sich schön brav mit diesen Stricken erhängen. Rotanev wartet auf eure Seelen.", sagte er kalt. Neben ihm tauchte ein zwei Meter großes Skelett in einem Kapuzenmantel aus dem Nichts auf. Die knöchernen Augenhöhlen glühten tiefrot. Stumm stand es da und rührte sich nicht. Töngens fuchtelte mit der Waffe.

„Na los jetzt, ich habe nicht ewig Zeit!"

Die beiden Polizisten erhoben sich und völlig überraschend für den dünnen Mann stürmte Jonas vor, zog den Silberdolch aus dem Mantelärmel und rammte ihn Töngens in die Brust. Mit großen Augen sah er den Polizisten an. Fassungslos stand er da und sah den Dolch in seinem Brustkorb stecken. Dann verzog sich sein Gesicht zu einer düster grinsenden Fratze.

„Wie armselig. Hast du geglaubt, dass du mich damit töten kannst?" Die beiden Kriminalpolizisten waren überrascht und entsetzt zugleich. Ihr Plan war nicht aufgegangen. Der Bestatter fegte Jonas mit einem Schlag ins Gesicht an die naheliegende Wand. Er zog sich den Dolch aus der Brust. Seine Hand zischte, als hätte er sich an einer Herdplatte verbrannt. Seichter Rauch stieg auf. Schwarzes Blut tropfte von der Klinge. In diesem Moment platzte die linke Manteltasche des Hauptkommissars auseinander und ein goldener Blitz schoss heraus und klatschte gegen die Stirn des hageren Finsterlings. Es war ein goldenes Ankh, ein ägyptisches Henkelkreuz, welches an einer Kette hing. Es brannte sich oberhalb der Augen in den Schädel des Mannes. Das Fleisch verbrannte, die Knochen lösten sich auf und das Loch wurde immer größer. Flammen züngelten aus Ohren, Nase und Augenhöhlen. Er schrie wie am Spieß und sein Kopf ging in Flammen auf, bis er explodierte. Sekundenlang blieb der Körper stehen und kippte dann wie ein gefällter Baum nach vorn und zerfiel zu Asche. In dem Aschehäufchen glänzten der Kettenanhänger und sein Dolch. Jonas hob beides auf und steckte die Dinge wortlos ein. Rotanev hatte sich zurückgezogen. Von ihm fehlte jede Spur.

„Nee du Arschloch, aber Silber kann Kräfte neutralisie-ren!“, knurrte Jonas, hob den Dolch auf und verstaute ihn wie-der am Gürtel. Den Anhänger steckte er in die Manteltasche.

„Sag mal, woher kam denn der Anhänger so plötzlich?“, fragte Yakup. Jonas sah ihn nur grimmig an.

„Man wird ja wohl mal fragen dürfen ...“, grummelte Yakup kleinlaut und wunderte sich über die Reaktion seines Freundes.

Mia und Pierre betraten das Verlies und sahen Caldor bei den Leichen. Er kniete vor den Skeletten seiner Freunde und rührte sich nicht. Der Anblick brachte schließlich auch die junge He-xe aus der Fassung. Damit hatte sie nicht gerechnet. Klang sie vorher noch sicher, war sie nun doch nicht mehr so hart, als sie draußen mit Pierre sprach. Es wirkte so endgültig. Ihre Freun-de waren Vergangenheit. Sie senkte ihren Kopf. Sie bedauerte, dass sie mit ihrer Vermutung falschlag.

„Seht mal!“, sagte Pierre ganz aufgeregt und deutete auf das Skelett mit dem Anzug und dem Dolch in der Brust. Es zerfiel zu Asche. Die Stichwaffe, ein kurz zu sehendes goldenes alt-ägyptisches Henkelkreuz und die sterblichen Überreste ihrer Freunde lösten sich ebenfalls auf. Stattdessen materialisierten sich Jonas und Yakup gelangweilt dreinschauend mit ver-schränkten Armen an die Wand gelehnt. Leicht ramponiert aber am Leben.

„Ist ja echt nett, dass ihr mal vorbei schaut.“, sagte der gro-ße Türke grinsend. Freudestrahlend rannte Mia gleich auf die beiden zu und umarmte sie. Im selben Moment ertönten eilige Schritte, die sich rasch näherten.

„Pierre, Caldor, Jonas Auto ist wieder ganz normal. Habt ihr ...“, rief Yasmina aufgeregt und sah ihren Mann und Yakup müde grinsend umringt von der jungen Hexe, dem Ex-Dämon und dem Templer. Sie sprang ihn an und kreuzte ihre Arme und Beine hinter ihrem Mann. Sie küsste ihn heiß und innig.

„Wie habt ihr es geschafft, wieder zurückzukommen? Was ist passiert?“, fragte sie aufgeregt.

„Wenn ich dir das erzähle, befürchte ich, dass du die Schei-dung einreichst.“,sagte er in ernstem Ton.

„Doch nicht du und Yakup?“, fragte Yasmina entsetzt.

„Gott bewahre, so verzweifelt war ich nun auch wieder nicht.“

„Ich störe ja nur ungern, aber wir müssen zurück in die Komturei. Ich hab da ein ganz mieses Gefühl. Wir sollten uns beeilen.“, warf Mia ein. Sie folgten dem Tunnel, der zum Kel-leraufgang führte, als Pierre einen Nebenraum entdeckte.

„Seht mal.“ Sie reagierten auf den Ausruf des Templers und

betraten den großen Raum. Ein gruseliger Anblick bot sich ihnen. In einem Kreis standen zwölf Stühle, in der Mitte ein kleiner runder Tisch mit einem blau leuchtenden Behälter in dem es pulsierte. Hinter den Sitzmöbeln jeweils ein schwarzer offener Sarg. Das Grausigste waren aber die acht Leichen, die auf den Stühlen saßen.

„Die Toten aus der Rechtsmedizin ...", sagte Jonas leise.

„Nicht nur.", warf Caldor ein.

„Der mit der durchschnittenen Kehle muss der sein, der vor Lutz Gabler in seiner Küche getötet wurde. Und der ... Bausatz da ist ein Lkw-Fahrer, der kurz vor Itzehoe gegen einen Brückenpfeiler gerast ist. Soweit ich weiß, hat er kurz vorher die Särge hier angeliefert."

„Na das wird für Honk mit Sicherheit ein Fest.", meinte Yakup.

Eine der Leichen saß mit gesenktem Kopf in der dunkelsten Ecke des Kreises. Anya ging näher an den Toten heran und erschrak. Sie machte einen Satz zurück und sah die Rippenknochen, die blutig durch die Kleidung lugten. Sein Körper war völlig zerschmettert.

„Anya, was ist los?", fragte Jonas besorgt. Die junge Hexe drehte sich mit Tränen in den Augen zu ihren Freunden um.

„Es ... Es ist Bruder Raul.", stammelte sie.

Ariel, Nick und Wolfgang Peters saßen in dem verwüsteten Speisesaal der Komturei. Sie waren am Diskutieren, wie es jetzt weitergehen soll, da wurden sie von einer taumelnden und schließlich zusammenbrechenden Delia unterbrochen. Ariel sprang auf und humpelte zu der offensichtlich verletzten Dämonin.

„Was ist passiert?", fragte der einstige Engel besorgt.

„Keine Ahnung. Erst taucht da so ein alter Knochensack auf und dann hat mich etwas am Kopf getroffen. Ich bin eben zwischen zwei toten Brüdern aufgewacht.", antwortete Delia erschöpft. Ariel kümmerte sich um die klaffende Platzwunde an ihrer Stirn. Schwarzes Blut sickerte hervor. Die Wunde war so tief, dass sie den Knochen erkennen konnte.

„Autsch! Sieht übel aus.", sagte Ariel.

„Ach nee. Echt jetzt? Danke für die Info.", gab die schwarzhaarige Dämonin aggressiv zurück. Nick half seiner Freundin, Delia zu einem der Stühle zu bringen. Ariel sah ihren Lebensgefährten besorgt an.

„Ihre Wunde will sich trotz ihrer und meiner Heilkraft nicht schließen. Sie fällt erstmal aus."

„Na großartig.", warf Nick ein.

„Vater, Nick, ihr bleibt zu Delias Schutz hier! Ariel, du kommst mit mir! Wir müssen Caldor und den anderen helfen.", befahl die Stimme eines Mädchens aus dem Hintergrund. Alle drehten sich nach ihr um. Conny schwebte über den Stufen, die zum Nordturm führten. Sie trug ein schwarzes enganliegendes Kleid, welches einen starken Kontrast zu ihren weißen Haaren und der blassen Haut bildete. Ihre Augen leuchteten erneut hellrot. Das Mädchen wirkte einerseits bedrohlich, andererseits aber vertrauenserweckend. Niemand widersprach ihr. Ariel ging auf Conny zu.

„Wenn du es dir zutraust.", meinte der einstige Engel. Connys düsterer Blick machte allen klar, dass sie keinen Widerspruch duldete.

„Okay, dann lass uns los.", sagte Ariel und verschwand mit dem Teenager in einer Rauchwolke.

Nick sah Wolfgang an.

„Sehen Sie, die beiden verstehen sich besser als Sie dachten."

„Ich sag ja schon gar nichts mehr. Schwer zu glauben, dass das noch meine Tochter ist.", sagte er leise. Dann streckte er dem Hauptkommissar die Hand entgegen.

„Meine Freunde nennen mich Wolle."

10. Siegen oder sterben

Über der Villa zog ein Gewitter auf. Blitze zuckten durch die schwarzen Wolken und trafen das alte Gemäuer. Im Kellergewölbe hörten sie das Donnern.

„Da braut sich was zusammen.", flüsterte Jonas.

„Ein laues Sommerlüftchen begleitet uns in den Kampf.", sinnierte Yakup.

„Passt schon.", seufzte Pierre und zog eine Augenbraue hoch.

„Ja was denn? Ich hatte schon immer eine poetische Ader.", meuterte der große Türke.

„Aber eigentlich nur wenn es um die Speisekarte geht.", unkte Yasmina.

Aus einer Rauchwolke traten Ariel und Conny hervor. Im selben Augenblick erschien Rotanev in seiner vollen Größe. Er fegte die Villa über ihnen weg. Jonas und seine Freunde hatten keine Zeit, sich über die Verstärkung zu freuen. Das monströse Skelett sah zu ihnen hinunter.

„Eure Seelen gehören jetzt ... mir!", grollte das auf sechs Meter angewachsene Skelett mit dem Kapuzenmantel.

„Vergiss es, du Klappergestell!", fauchte Ariel. Nach langer

Zeit zeigte sie ihr Wahres ich. Sie breitete ihre schwarzen Flügel aus und erhob sich in die Luft. Ihre Augen leuchteten blutrot und aus dem Oberkiefer wuchsen Fangzähne. Sie zog ihr Flammenschwert zwischen ihren Schultern hervor und griff das Monster gezielt an. Rotanev lachte und schlug mit seiner Knochenhand zu. Der Engel wurde weit weggeschleudert und krachte mit einem lauten Knall gut sechzig Meter entfernt in den Boden. Ein rauchender Krater markierte den Punkt ihrer harten Landung. Das Ungetüm stapfte hinterher und trat auf die Absturzstelle. Zwischen den Knochen stieg der Rauch auf.

„Eine weniger.", sagte der Seelenjäger siegessicher. Als Nächste nahm er sich Conny vor. Trotz enormer Gegenwehr kam sie nicht gegen den Dämon an. Seine Hand umschloss ihren Körper und er warf sie achtlos weg, wie eine leere Pommestüte. Sie schrie und landete auf dem verrosteten Zaun des Geländes. Das Mädchen wurde von den Metallspitzen aufgespießt. Die eisernen Dornen bohrten sich durch Hüfte Bauch und Brustkorb.

Yasmina verwandelte sich in einen riesigen Panther und griff an. Sie rannte los und verbiss sich im Bein des Monsters. Von dieser Attacke überrascht ging das monströse Skelett zu Boden. Knurrend und an dem Beinknochen zerrend riss sie den Unterschenkel ab. Der zerfiel zu Asche.

Ermutigt von der Aktion ihrer Freundin nahm Mia ihre ganze Kraft zusammen und attackierte den Seelenjäger mit einem Hagel aus Blitzen und Feuerbällen. Der erkannte seine Situation und wollte sich zurückziehen, wurde aber von Ariel, die sich erholt hatte und als lebende Fackel auf ihn stürzte, daran gehindert. Sie flog in seinen Brustkorb und erzeugte eine Explosion, die ihn zerriss. Seine Überreste zerfielen zu Asche, bis auf den Schädel. Der schrumpfte auf normale menschliche Größe und unterhalb des Unterkiefers entstand seine Gestalt neu. Verbissen verteidigte er sich. Feuerbälle schossen auf ihn zu und trieben Rotanev zurück, bis an den Zaun. Pausenlos beschoss Mia ihn ausdauernd weiter. Der Seelenjäger kämpfte unentwegt gegen die Hexe an, aber ohne Erfolg.

Jonas sah, wie sich aus Connys leblosen Körper ein Geist löste, der erfolglos versuchte, sie von den Spitzen zu ziehen.

„Caldor, rette Conny!", rief er.

Der Ex-Dämon eilte zu dem schlaff hängenden Mädchen und setzte seine Magie ein. Langsam glitt der Körper von den Eisendornen und sank auf den Boden. Der Geist nickte dankbar und verschwand wieder in dem Teenager.

Conny bäumte sich auf und aus den drei durchgehenden Wunden stieß Licht hervor. Die blutigen Löcher schlossen sich und sie erhob sich.

Entgegen Jonas Erwartung bewegte sie sich nicht zu dem Seelenjäger, sondern zu den Überresten der Villa um wenige Minuten später mit Pierre und Caldor als Stütze und dem wabernden Behälter aus dem Kellergewölbe zurückzukommen. Sie hob das pulsierende Gefäß über ihren Kopf und schrie:

„Rotanev, sieh mal was ich hier habe!", rief das Mädchen spöttisch.

Mia stellte ihre Attacken kurzfristig ein und der Seelenjäger starrte entsetzt auf das weißhaarige Mädchen.

„Nein!", grollte er, doch sie ließ sich davon nicht beeindrucken und zerschmetterte den Behälter. Unzählige blassblaue Kügelchen stiegen empor und rasten auf das knöcherne Monster zu. Mia zog sich zurück und überließ ihnen das Feld. Die kleinen Lichtbälle sausten um das schreiende und wild um sich schlagende Skelett und zogen ihre Bahnen immer enger. Ein kümmerlicher Blitz beendete seine Existenz. Asche rieselte aus der Lichtsäule, dann verteilten sich die Kugeln und nahmen Form an. Ein grollendes Brummen erklang wie aus weiter Ferne, so als wolle sich Rotanev noch einmal melden.

Jonas und seine Freunde erkannten in den Geistern die Opfer des Bestatters, die gefallenen Templer aus der Komturei und Conny. Sie und Bruder Raul traten hervor, während die anderen Seelen aufstiegen.

Die beiden lächelten. Wie aus weiter ferne hörten sie Connys Stimme.

„Danke für eure Hilfe. Wir müssen da noch etwas klären bevor wir gehen.", sagte sie und beide verschwanden.

Pierre entdeckte den nicht zerstörten Anbau der Villa. Er hatte den Angriff Rotanevs wie durch ein Wunder überstanden. Aus der halboffenen Tür lugte ein Stück des alten Leichenwagens hervor. Er fuhr den Mercedes rückwärts auf den Vorplatz neben Jonas Volvo.

„Ich werde Bruder Raul mitnehmen und ihn bei uns beisetzen.", sagte er bedrückt. Alle hatten Verständnis für die Entscheidung des Abbés.

Jonas informierte seine Kollegen und Honk. Der leitete den Abtransport der acht Toten ein. Yakup kam zu seinem Freund und sagte:

„Fahr du mit den anderen in die Komturei zurück. Ich warte hier auf die Kollegen."

„Danke.", erwiderte er.

Wolfgang Peters kniete weinend vor dem Altar der Kapelle, auf dem Conny lag. Er hielt ihre Hand. Delia drückte zart seine Schulter.

„Kommen Sie jetzt bitte mit. Sie können nichts mehr für sie tun.", flüsterte sie sanft. Der Mann konnte sich nicht von seiner Tochter trennen. Schließlich ließ er doch ihre kalte Hand los und verließ weinend, von Delia gestützt, das kleine Gotteshaus. Die Dämonin kümmerte sich rührend um den Mann. Sie konnte es nicht verantworten ihn auch nur eine Minute allein zu lassen.

...unterdessen im Speisesaal der Komturei

Yasmina hatte sich die Beichte ihres Mannes angehört. Mürrisch sah sie ihn an.

„Verdammt, ich hatte es als einen merkwürdigen Traum abgetan. Außerdem war ich wehrlos. Frag doch Yakup. Ich hatte zu keinem Zeitpunkt das Verlies verlassen, denn ich war fast zwei Tage bewusstlos.", rechtfertigte Jonas sich.

„Yasmina, er sagt die Wahrheit. Warum traust du ihm plötzlich nicht mehr? Hat er dich jemals betrogen? Nein! Außerdem hättest du ihn mal sehen sollen zwischen deinem Tod und Rückkehr. Er war ein Kotzbrocken, hat sich nur am Leben gehalten für uns und du machst ihm hier eine Szene für etwas, wofür er nichts kann.", schnauzte er sie an. Sie sah ihn finster an und wollte gerade etwas erwidern, als Mia dazwischen funkte.

„Sie sagen beide die Wahrheit, Yasmina. Und ich habe auch eine Erklärung dafür, was passiert ist. Caldor hatte mit seiner ersten Vermutung der sich überschneidenden Dimensionen nicht unrecht. Das geschah parallel zu dem Zeitstrudel."

„Was?", fragte Yasmina kleinlaut und sah ihren Mann beschämt an.

„Ja. Außerdem hat er dich ja nicht betrogen, sondern er wurde ganz hart genommen von der anderen Alenya vergewaltigt. Und das nicht wirklich körperlich, da er ja mit Yakup in dem Kerker festhing. Sie muss einen Weg gefunden haben ihm ihren Kopfschmuck in diese Welt mitzugeben. Genaugenommen solltet ihr alle ihr dankbar sein. Ohne sie hätten Jonas und Yakup vielleicht auch in der Totenrunde gesessen.", beendete Mia ihre Ausführung.

„Und nun benehmt euch wie erwachsene Menschen und vertragt euch wieder, ihr Kleinkinder!", fügte sie bestimmend hinzu.

Wie ein kleines scheues Schulmädchen trat Yasmina vor ihren Mann und sah ihn mit ihren großen rehbraunen Augen von unten an.

„Kannst du mir verzeihen?", fragte sie leise. Mit verschränkten Armen und schmollend starrte er minutenlang zur Decke.

„Das ... muss ich mir noch stark überlegen.", antwortete er gekränkt. Zwei weitere lange Minuten ließ er sie zappeln, dann nahm er sie in die Arme und küsste sie leidenschaftlich.

„Na klar.", flüsterte er ihr ins Ohr. Sie drückte ihn sanft von sich und lächelte.

„Sorry, aber ich muss da noch etwas erledigen.", sagte sie und verschwand.

Eine Stunde später erklang die Glocke der Kapelle und schlug viermal. Yakup und Jonas sahen sich an.

„Nanu? Was ist denn nun schon wieder los?", fragte der große Türke, verließ den Speisesaal und ging in den Innenhof der Komturei. Er hielt einen aufgeregt herum flitzenden Ordensbruder auf.

„Was ist denn hier los? Schon wieder ein Alarm?"

„Nein, irgendetwas anderes."

In diesem Moment erschien Mia auf den Stufen zur Kapelle.

„Wolfgang, Delia, kommt her. Schnell."

Der Mann und die Dämonin sahen sich verblüfft an. Er erinnerte sich, vorhin Connys Geist gesehen zu haben. Wollte sie sich von ihrem Vater verabschieden? Er stolperte mehr, als er lief. Sie erreichten die stockfinstere Kapelle. Wie von Geisterhand flammten die Kerzen an den Seiten des Altars auf. Das riesige Kruzifix warf seinen Schatten auf das steinerne Gebilde. Aus der dahinter liegenden Dunkelheit trat eine Gestalt hervor. Ihre Augen glühten kurz rot auf. Wolfgang ging einen Schritt zurück und wurde blass. Er konnte sich nicht mehr halten und fiel auf die Knie.

„Papa, nicht erschrecken.", hörte er die Stimme seiner Tochter.

„Conny? Bist du das?", fragte er zaghaft.

„Ja wer denn sonst? Glaubst du denn ernsthaft eines der Mädels hier würde dich Papa nennen?", antwortete sie schmunzelnd und kam auf ihn zu. Im selben Augenblick erschienen zwei andere weibliche Personen, die er nur anhand der Silhouetten als solche erkannte. Eine alte grauhaarige Frau kam auf ihn zu und schnippte mit den Fingern. Nun leuchteten alle Kerzen in dem kleinen Gotteshaus auf. Sie trug eine schwarze Lederjacke, ein Arch Enemy T-Shirt und eine enge Lederhose.

„Ariel? Sind Sie das?", fragte er erschrocken.

„Was ist mit Ihnen passiert?"

„Meine Kraft steckt in ihr.", sagte sie müde lächelnd und schritt an ihm mit einem Schulterklopfer vorbei.

„Ich gehe jetzt erst mal ordentlich kacken und schlafe mich dann zwei Wochen aus.", fügte sie hinzu, hob den Arm, winkte, und verschwand in einer Nebelwolke. Die andere Frau erkannte er als Yasmina, die ebenfalls gealtert war. Sie sah aus wie jenseits der achtzig.

„Ich ... bin für heute dann auch mal fertig mit der Welt.", sagte die Ägypterin mit müden faltigen Augen. Sie entfernte sich genauso wie Ariel kurz zuvor. Wolfgang starrte dahin, wo die Frauen eben verschwanden, dann zu Conny. Ratlos zeigte er ihnen mit dem Daumen hinterher.

„Äh ..." Er drehte sich nochmals um und wandte sich dann endgültig erfreut seiner Tochter zu.

„Das ... Das ist mir grade zu hoch.", stammelte er. Er umarmte das weißhaarige Mädchen überglücklich. Ihre blasse, fast weiße und kühle Haut entging ihm nicht. Er sah in ihre Augen.

„Du bist doch jetzt nicht etwa so ein Nackenbeißer, von denen mir Nick erzählt hat, oder?", fragte er Conny. Sie lachte laut auf.

„Nein, ich bin kein Vampir. Aber solange ich noch nicht wieder komplett hergestellt bin, muss ich hierbleiben." Sie sah ihren Vater überglücklich an.

„Yasmina und Ariel haben mir ihre Lebensenergie gespendet, um mich zu retten.", erklärte sie ihm. Sie wurde von Pierre unterbrochen, der lautlos die Kapelle betreten hat. Nick war bei ihm und lächelte. Bevor einer der beiden etwas sagen konnte, ergriff Wolfgang das Wort.

„Nick, jetzt weiß ich, dass ich Ariel mit meiner Unterstellung unrecht getan habe. Sie ist wirklich eine großartige Frau und ich bin ihr und Yasmina sehr dankbar.", sagte er mit Freudentränen in den Augen.

„Na ja, einen bitteren Nachgeschmack hat es nun aber für Sie, Herr Peters.", sagte der Abbé frech grinsend.

„Äh ... wie meinen?", fragte der Vater verunsichert.

„Sagt ihnen der Begriff ‚*Three in One*' etwas?"

„Hä? Was?" Wolfgang sah den Templer ratlos an.

„Sie dürfen sich jetzt mit drei Weibern abärgern." Pierre grinste über beide Ohren und fuhr fort.

„Während Ariel und Yasmina ihr Bestes von außen gaben, haben sich zwei Seelen in Conny eingenistet und von dort nachgeholfen.", antwortete der Templer. Er sah schmunzelnd zu dem Mädchen, welches für einen Moment mit drei Stimmen sprach. Dabei glühten ihre Augen kurz rot auf.

„Wir werden uns schon gut verstehen."

Wolfgang ging zwei Schritte zurück und hätte Pierre nicht geistesgegenwärtig einen Stuhl hinter ihn gestellt, wäre er rücklings zu Boden gegangen. Man sah ihm an, dass die letzten Tage eindeutig zu viel für ihn waren. Conny setzte sich neben ihn, lehnte ihren Kopf ein seine Schulter und sagte nur.

„Papa, ich habe dich lieb."

„Ich dich auch mein Schatz.", erwiderte er mit einem überglücklichen Lächeln und umarmte sie.

ENDE

DIE SCHATTEN

I. DER AUFTRAG

Die wild umher rennenden Servicekräfte hatten an diesem Tag kaum Zeit für eine Pause. Das Café in der Innenstadt war überfüllt, denn jeder wollte das herrliche Sommerwetter mit einem Cappuccino, Espresso oder einem Eisbecher genießen. An einem der Tische im Außenbereich saßen Jonas Drake, Yakup Melek, Pierre Rolland und Nick Hübner. Die drei Kriminalbeamten und der Templer genossen die Ruhe und ihre Getränke. Nach der Begegnung mit Rotanev, dem Seelenjäger, gönnten sie sich diese kleine Auszeit. Pierre war einen Moment abwesend. Er dachte an die zwei Tage zurückliegende Trauerzeremonie für die verstorbenen Tempelritter und Bruder Raul, die ihr Leben im Kampf gegen Rotanev ließen. Ein Knuff an seine Schulter riss ihn aus seinen Gedanken.

„Und was sagst du dazu?", fragte Jonas. Ohne mitbekommen zu haben, worüber seine Freunde sich unterhalten haben, antwortete er:

„Ja klar, machen wir."

„Nicht wir mein Lieber, du."

„Was?" Erst jetzt merkte er, dass seine Antwort etwas zu voreilig war. Die drei lachten.

„Ok, einstimmig angenommen."

„Was denn?"

„Na du wurdest auserwählt mit den Mädels shoppen zu gehen.", erläuterte Yakup frech grinsend.

„Schicksalsmelodie ...", sagte Nick in einem melodischen Ton und verfiel in einen Lachkrampf.

„Nee ... euer Ernst? Echt jetzt?", fragte der Templer entsetzt.

„Aber sowas von.", stichelte Jonas.

„Wir sind halt nicht wahnsinnig genug uns das schon wieder anzutun.", ergänzte er lachend. Pierre überlegte einen Moment und holte tief Luft. Dann sah er Nick an.

„Wie weit ist es denn mit Ariels Schwangerschaft?"

„Prächtig. Alles im grünen Bereich. Sie ist jetzt im vierten Monat. Mutter und Drops geht es hervorragend.", antwortete der Hauptkommissar.

„Hm ... brütet ihr das Ei dann später abwechselnd aus? Ich frag da für einen Freund", erwiderte der Abbé und sah Nick fragend an. Der schaute sparsam aus der Wäsche.

„Ich ... Äh ... Meinst du etwa, nur weil sie ein Engel ist, legt sie ... Moment mal. War das eine Fangfrage? Willst du mich veräppeln?"

„Der Punkt geht eindeutig an unseren Dorfältesten.", feixte Jonas.

„Nein Pierre, wir haben ja demnächst sturmfrei, weil die Mädels hier um die Ecke zum Metal-Festival wollen. Da hatten wir gedacht, wir machen uns ein paar Männertage."

Die Unterhaltung wurde jäh vom Klingeln eines Handys unterbrochen. Nick griff in seine Jackentasche und nahm das Gespräch entgegen. Nach ein paar knappen Sätzen beendete er das Telefonat.

„Ich denke mal, aus unseren Männertagen wird nichts. Wir müssen nach Ystad."

„Welcher Landkreis?", fragte Yakup.

„Schweden."

„Oh, großer Landkreis."

„Das ist ein Land, mein kleiner Ungebildeter."

„Ui ... großes Bundesland?"

„Jonas, wie hast du die ganzen Jahre mit ihm überlebt?"

„Erwartest du jetzt eine ehrliche oder eine höfliche Antwort?"

„Was hab ich denn jetzt schon wieder verbrochen?", fragte Yakup vorwurfsvoll.

„Oh man ...", raunten seine Freunde.

„Was?", entgegnete er.

„Was?", kam zurück und drei Männer starrten zum Himmel und pfiffen.

„Was liegt denn an in Ystad?", fragte Pierre vom Rücksitz des Volvos.

„Du nicht mein Bester, du musst hier die Stellung halten.", erwiderte Nick.

„Na das war ja mal wieder klar." Seine Enttäuschung war deutlich zu hören.

„Pierre, du und Caldor müsst auf unser Seelenhotel aufpassen. Im Ernstfall ist sie noch zu schwach um sich zu wehren."

„Sorry, daran habe ich nicht gedacht. Aber Mia könnte sich doch mit Caldor um Conny kümmern."

„Die Idee ist zwar gut, aber deine Brüder haben nach Rauls Tod keinen Stellvertreter der deine Aufgaben und Verpflichtungen übernehmen kann."

„Siehe es positiv. Du kannst zur Abwechslung mal eine ruhige Kugel schieben.", warf Jonas ein.

„Und was liegt denn nun in Ystad an?", griff Yakup die Frage des Templers wieder auf.

„Da wurden zwei grausam verstümmelte Leichen im Abstand von einem Monat entdeckt und die schwedische Polizei ist ratlos. Es gab wohl schon mehrere solcher Funde, unter anderem in Helsingborg und Malmö. Die sind da auf uns gestoßen und vermuten etwas paranormales.", erläuterte Nick.

„Die Städte liegen alle an Häfen. Könnten das nicht auch Unfälle durch Schiffsschrauben gewesen sein?", hakte Jonas nach.

„Na ich denke doch mal, dass die Jungs und Mädels dort ein Gewaltverbrechen von einem Unfall unterscheiden können. Aber der Knackpunkt liegt woanders. Sie vermuten einen Serientäter."

„Ah ja. Und was macht das ganze so interessant, dass wir angefordert werden?"

Nick schwieg einen Moment.

„Es gab jedes mal vier Tote pro Stadt ... im Abstand von fünfzig Jahren. Immer zuerst in Helsingborg, dann in Mälmö, Ystad und Ahus. Wir treffen uns morgen in Puttgarden mit einer Yelena Svedberg."

„Klingt nach einer Russin mit schwedischem Nachnamen.",

sagte Yakup.

„Herr Professor, das könnte daran liegen, dass sie eine Russin mit schwedischem Nachnamen ist.", erwiderte Nick augenrollend und seufzte.

„Na toll! Da wird es mal spannend und ich darf Babysitten.", knurrte Pierre.

„Easy Job. Die Mädels fahren nach Wacken und du musst nur aufpassen, das Caldor und unser Seelenhotel keine kleinen Dämönchen basteln.", gab Jonas zu Protokoll.

„Was?"

„Ist dir etwa entgangen, wie Conny ihn anhimmelt und er sabbernd um sie herum scharwenzelt? Brauchst du eine Brille?"

„Und was soll ich dann machen? Vielleicht die Hand dazwischen halten? Überlegt mal: Caldor hängt mich zum Trocknen an die Garderobe und amüsiert sich köstlich." Seine Einwände wurden mit einem Lachen registriert.

„Ist ja schon gut! Ihr habt gewonnen!" Schmollend lehnte er sich zurück und schaute aus dem Fenster.

„Meinst du, dass von Wacken noch etwas steht, wenn wir zurückkommen?", fragte Nick.

„Hm ... wirklich sicher bin ich mir da nicht.", erwiderte Jonas nachdenklich.

Nachdem sie Pierre und Nick an der Komturei abgesetzt hatten, fuhren Jonas und Yakup zu Yasmina. Sie wartete schon mit dem Essen auf die beiden. Bereits auf dem Laubengang kam ihnen durch das offene Küchenfenster der köstliche Duft von Chicken Tikka Masala - ein indisches Gericht - entgegen. Jonas schloss die Wohnungstür auf. Im Flur kam Yasmina auf ihren Mann zu und umarmte ihn.

„Hi Schatz wie war dein Tag?"

„Wie immer eigentlich."

„So schlimm also?"

„Na ja, was soll ich sagen? Mit den drei Klappskallis ist man immer nahe am Rande des Wahnsinns.", sagte er grinsend in Yakups Richtung, der ihn darauf hin böse ansah. Jonas lachte.

„Nein. Wir müssen morgen nach Puttgarden und uns mit einer Yelena Svedberg von der schwedischen Polizei treffen und dann geht es mit der Fähre über Dänemark nach Ystad. Da metzelt alle fünfzig Jahre jemand Leute nieder und die Kollegen vor Ort kommen damit nicht klar."

„Oh ... klingt spannend.", erwiderte seine hübsche Frau gähnend. Im Wohnzimmer angekommen sah Jonas den fertig gedeckten Tisch und zog eine Augenbraue hoch. Es waren Gedecke für fünf Personen aufgelegt. Er ging in die Küche und sah seine Frau mit Geschirr herumwerkeln.

Er umarmte sie von hinten. Sie stellte den Reistopf auf die Arbeitsplatte und drehte sich in seinen Armen zu ihm um. Nach einem innigen und leidenschaftlichen Kuss fragte er.

„Wir sind doch nur drei, oder kommt noch Besuch?"

„Der ist schon da und wartet auf dem Balkon.", antwortete sie grinsend.

„Wer ist es?"

„Hm ... warum gehst du nicht hin und schaust selbst?"

„Gute Idee.", erwiderte er, durchquerte das Wohnzimmer und zog die angelehnte Balkontür auf. Er bekam große Augen und lächelte erfreut.

„Yakup, schau mal wer hier ist."

Der große Türke erhob sich vom Sofa und schlenderte mit seinem Kaffee in der Hand zum Balkon. Da traten zwei Personen aus der Dunkelheit hervor. Er starrte stocksteif auf die Besucher die sich auf sie zu bewegten und bekam den Mund nicht mehr zu. Er hatte mit allem gerechnet, aber nicht damit. Jonas und sein Freund waren völlig überrascht.

Als er sich endlich von dem überraschenden Anblick der beiden Frauen, die auf dem Balkon gewartet hatten, erholt hatte, ging Yakup auf die schwarzhaarige zu und umarmte sie. Er drückte sie so fest an sich, als wolle er sie nie wieder loslassen.

„Vanessa ...", hauchte er nur und küsste sie. Ihre kalte Haut und Körpertemperatur störten ihn nicht. Er war nur überglücklich, sie nach Wochen endlich wieder in die Arme schließen zu können. Die weiße Vampirin kam mit Kathi, ihrem Schützling, welche Jonas zur Begrüßung umarmte. Sie war ebenso erfreut wie der Hauptkommissar.

„Wie geht es meinem Vater?", fragte sie zaghaft.

„Dem geht es prächtig. Aber ... warum fragst du ihn nicht selbst? Er würde sich bestimmt sehr darüber freuen, dich wieder zu sehen."

„Meinst du wirklich?"

„Aber sicher. Seitdem ihr euch damals verabschiedet habt, hat er ständig von dir geredet und wann er dich endlich wiedersehen könnte."

„Meinst du, wir könnten ihn aufsuchen?"

„Klar, wenn du möchtest, fahren wir morgen früh zur Komturei. Aber jetzt musst du mir erzählen, wovor du Angst hast, dass du ihn nicht zuerst aufgesucht hast." Sie druckste unsicher herum und sah ihn mit ihren grellblauen Augen an.

„Mich lässt die Angst nicht los, dass er mich abstoßend finden könnte, da ich ja kein Mensch mehr bin. Ich gehöre doch nicht zur Familie als so ein ... Ding."

„Falsch gedacht! Du gehörst zur Familie, genau wie Vanessa. Natürlich war es anfangs ein Schock für uns, als ihr euch als weiße Vampire zu erkennen gegeben habt, aber wir klatschen nicht alles um, was *anders* ist."

Das blonde Mädchen lächelte erleichtert.

„Außerdem haben wir jetzt in der Komturei ein Seelenhotel, welches zwar schräg, aber liebenswert ist."

„Ein ... Seelenhotel?", fragte Kathi voller Neugier. Jonas schmunzelte und erzählte ihr von Conny und was alles passiert ist, seitdem sie und Vanessa fort waren.

„Na ja, und seit dem beherbergt sie in sich zwei weitere Seelen, von denen wir nicht wissen, wer sie sind. Das gibt ab und an echt ein Gedrängel, wenn ihre *Gäste* auf Hochtouren laufen."

„Und kommt Conny denn damit klar?" Jonas senkte traurig den Kopf.

„Ja, aber wir wissen nicht wie lange noch. Sie ist sehr schwach. Der Kampf gegen Rotanev hat sie schwer angeschlagen. Ariel und Delia glauben, dass sie sich nur krampfhaft an dieser Welt festhält, um für ihren Vater da zu sein. Immerhin haben sie ihre ganze Familie durch Rotanev verloren."

„Das ist hart.", sagte sie leise.

„Komm, lass uns rein, bevor das Essen kalt wird." Sie gingen an Yakup und Vanessa vorbei, die immer noch wie zwei Teenager am Knutschen waren. Am Tisch angekommen fragte Yasmina:

„Und was ist mit den beiden Turteltäubchen?"

„Das könnte noch ein Weilchen dauern. Die testen schon minutenlang wer die längere Zunge hat.", frotzelte Jonas.

„Hauptsache die fallen nicht übereinander her, sonst gibt es wieder Ärger mit den Nachbarn.", unkte Yasmina.

Ratlos und traurig kniete Wolfgang Peters am Bett seiner Tochter. Körperlich war sie nahezu völlig in Ordnung, aber ihre Seele wurde von zunehmend schwächer. Sie trat immer seltener hervor. Ihre beiden ‚Mitbewohnerinnen' hielten sich bewusst zurück, damit Conny sich nicht zu sehr anstrengen musste. Delia wachte rund um die Uhr über das Mädchen, denn sie war tierisch besorgt um sie.

„Wolfgang ...", flüsterte sie und berührte ihn an der Schulter. Mit Tränen in den Augen sah er die Dämonin an.

„Hier kann ich ihr nicht mehr helfen. Es gibt dafür nur einen Ort, aber dahin kann und darf ich dich nicht mitnehmen."

„Wird sie ... sterben?", fragte er mit zitternder Stimme.

„Nicht wenn ich es verhindern kann. Aber dann muss ich sie jetzt fortbringen, sonst ist es zu spät." Der Mann stand auf und ließ die Hand seiner Tochter los. Er küsste dem Mädchen auf die Stirn und streichelte ihre Wange.

„Ich liebe dich, mein Kind."

Conny schlug kurz die Augen auf.

„Ich liebe dich auch, Papa.", hauchte sie und schloss sie geschwächt wieder. Er verließ weinend das Zimmer. Delia schaute ihm traurig hinterher und sah, wie Ariel, die vor dem Gästequartier gewartet hatte, den Mann nach unten in den Speisesaal begleitete. Die schwarzhaarige Dämonin hob das Mädchen vom Bett und teleportierte sich mit Conny fort. Kaum waren die beiden verschwunden, bildete sich eine dunkle Wolke, die sich in einen durch einen Umhang verhüllten Schatten verwandelte. Er schaute durch den Türspalt und verließ lautlos das Zimmer.

Am nächsten Morgen fuhren Jonas und Yakup mit den weißen Vampirinnen zur Komturei. Entgegen Kathis Befürchtung empfing Nick sie herzlich. Er nahm sie liebevoll in die Arme. Zufrieden drehte Jonas sich um und spazierte in die Kapelle. Pierre und die Templer hatten sich zum Morgengebet versammelt. Geduldig wartete der Hauptkommissar ab, bis die Morgenandacht beendet war. Der Abbé kam auf Jonas zu.

„Guten Morgen mein Freund, was kann ich für dich tun?", fragte er und begrüßte den Polizisten mit Handschlag.

„Guten Morgen. Ich dachte, wir disponieren um. Wenn du immer noch mit möchtest, hättest du jetzt die Gelegenheit. Dann haben Nick und Kathi etwas Zeit füreinander."

Erst jetzt bemerkte der Templer die beiden Frauen, die er auf die Schnelle begrüßte. Grinsend nickte er dem Mann mit dem Kutschermantel zu.

„Ich packe nur eben ein paar Sachen zusammen und dann können wir fahren.", sagte er und ging mit forschen Schritten in eines der Gebäude der Komturei.

Vanessa griff nach Yakups Hand und sagte:

„Ich komme auch mit."

„Das freut mich, aber was ist mit Kathi?"

„Ich würde sagen, dass sie hier bestens aufgehoben ist. Denn wo wäre sie sicherer, wenn nicht bei ihrem Vater?", sagte sie lächelnd und setzte ihre Sonnenbrille auf.

„Das klingt einleuchtend.", erwiderte Yakup und fuhr fort.

„Außerdem, welche Vampirin kann schon von sich behaupten, unter dem Schutz von gut zweihundert Templern zu stehen?" Die beiden spazierten Hand in Hand zu Jonas Volvo Kombi und der große Türke öffnete die Kofferraumklappe des Autos. In diesem Moment kam Pierre mit einer Reisetasche und einer Art Jagdtasche, wie man sie zur Aufbewahrung von Gewehren nutzte. Er verstaute die Sachen im Kofferraum beim Gepäck seiner Freunde. Geduldig warteten sie auf Jonas, der nach einigen Minuten ebenfalls am Auto erschien.

„Können wir?", fragte er in die Runde. Alle nickten und er schloss die Heckklappe des Kombis. Niemand bemerkte die kleine schwarze Katze, die unmittelbar vorher in den Laderaum des Wagens gesprungen war.

2. Erster Kontakt und Vorbereitungen

Trotz des zähfließenden Verkehrs hatten sie die Ostseeinsel Fehmarn nach zwei Stunden Fahrt erreicht. Kurz hinter der Brücke, die die Insel mit dem Festland verband kamen die Erinnerungen an die Ereignisse hier vor einigen Wochen hoch. Jonas zeigte nach rechts.

„Kaum zu glauben, aber da stand Bastets Tempel."

„... und hier fand Alenya ihr Ende.", äußerte sich Vanessa.

‚Und hier kam ich in diese Welt.', erklang eine allen vertraute Stimme in ihren Köpfen. Jonas trat auf die Bremse und der Wagen stellte sich durch die Vollbremsung leicht quer. Die Insassen drehten sich ruckartig zur Ladefläche um und sahen die kleine schwarze Katze mit ihren grün leuchtenden Augen blinzeln.

‚Habt ihr mich vermisst?', erklang die Stimme erneut.

„Yasmina?", fragte Jonas erstaunt.

„Was machst du hier?"

‚Momentan? Vier Deppen ins Gesicht schauen.'

„Ja, das sehe ich auch. Aber du wolltest doch mit den Mädels nach Wacken."

‚Jap, aber ich lasse dich doch nicht alleine auf eine gefährliche Mission. Wer weiß, was da alles passieren kann? Außerdem schaffen die drei es auch allein, das Festival zu rocken.'

„Machst du sowas öfter?", fragte Vanessa erstaunt.

„Nur wenn sie Angst hat, dass irgendein Dämonenweibchen mich wieder vergewaltigen könnte.", warf Jonas ein.

‚Es war nicht irgendein Dämonenweibchen, es war ‚das' Dämonenweibchen.', gab das Kätzchen schnippisch zurück.

„Geht das schon wieder los? Ich dachte das hätten wir geklärt?", mischte Yakup sich ein.

„Ist es schlimm, wenn ich nachfrage, von was ihr da redet?", fragte Vanessa offensichtlich irritiert. Jonas seufzte und erklärte, was vor ein paar Tagen in Wilster in der Villa Töngens vorgefallen war.

„Ok ... aber sonst habt ihr keine Probleme miteinander?"

„Nö, eigentlich nicht."

„Ich wurde halt zu oft enttäuscht und mag keine Wiederholungen.', gab Yasmina leise zurück.

„Verständlich.", warf die weiße Vampirin ein.

„Übrigens, wann hattest du eigentlich vor, Yakup die ganze Wahrheit über dich zu erzählen, Vanessa?", fragte Jonas mit Blick in den Rückspiegel. Obwohl er ihr Spiegelbild nicht sah, verfehlte es nicht seine Wirkung. Die ehemalige Sekretärin nahm die Sonnenbrille ab.

„Woher weißt du ..."

„Die Erinnerungen sind seit kurzem vollständig zurück. Celines Zauber wirkt nicht mehr." Vanessa senkte den Kopf.

„Verdammt ...", murmelte sie. Pierre drehte sich neugierig auf dem Beifahrersitz um und Yakup sah seine Verlobte ungläubig an.

„Schatz, von welcher Wahrheit redet Jonas da? Habe ich etwas verpasst?"

„Allerdings ...", begann sie und fuhr fort.

„Ich wurde nicht erst nach meiner Rückkehr zur Vampirin und ich bin auch nicht nur das." Vanessa holte tief Luft.

„Ich wurde 1588 als jüngste von sechs Hexenschwestern geboren. Der Unterschied war schon früh abzusehen. Während meine Schwestern von jeher abgrundtief böse und brutal waren, habe ich immer versucht zu helfen, wo es möglich war. Dieses fiel auch einem Henker auf, der sich an unserem Clan für den Tod seiner Frau und seinen Töchtern rächte. Eine nach der anderen nahm er sich vor. Obwohl nur eine von ihnen für den Tod seiner Familie verantwortlich war, wollte er ursprünglich uns alle vernichten. Als ich schließlich an der Reihe war, wurde ich von einer Magierin, die zugleich ein weißer Vampir war, im Jahre 1610 zu einer ihresgleichen gemacht. Sie gab mir all ihre Macht und Kraft, lehrte mich alles, was sie beherrschte, übertrug mir ihr Wissen und verlangte am Ende ihre Erlösung durch mich. Widerwillig kam ich dem nach. Sie war für mich mehr Familie, als es meine tatsächliche je war. Als Cedric Drake, der Henker, erfuhr, was mit mir passiert war, verschonte er mich. Er machte mir zur Auflage, mich vom bösen abzuwenden und er würde mir dann mein Leben lassen. Es fiel mir nicht schwer, da ich eh nie viel mit schwarzer Magie am Hut hatte." Vanessa holte tief Luft und fuhr fort.

„Ein paar Jahre später lernte ich die Frau des Hexentöters

kennen, eine weiße Hexe namens Celine Drake. Nach dem Tod ihres Gatten nahm sie mich unter ihre Fittiche und lehrte mich alles, was ich bis dato noch nicht wusste."

„Weiße Hexe? Celine?", unterbrach Pierre sie überrascht. Vanessa lächelte.

„Sie war schwanger, als wir uns das letzte Mal sahen. Sie wollte weiter nach ihrem Bruder suchen, einem Tempelritter."

Sie sah Pierre tief in die Augen und lächelte geheimnisvoll. Nach ein paar Minuten des Schweigens erzählte sie weiter.

„Deine Schwester lebt, Pierre. Vor gut zehn Jahren half sie Jonas gegen meine Schwestern und vernichtete vier von ihnen endgültig. Habe Geduld mein Freund, ihr werdet euch bald wieder sehen.", sagte sie wissend und
setzte ihre Sonnenbrille auf.

„... und somit sind wir eine große Familie.", warf Jonas ein.

„Und was ist mit mir?", fragte Yakup leise.

„Du bist unser geliebtes schwarzes Schaf.", antwortete sein Freund frech grinsend. Vanessa sah ihren Verlobten an.

„Möchtest du denn weiterhin mit einer über 430 Jahre alten Frau befreundet sein?", fragte sie.

„Klar. Ist doch eh gerade ‚in' mit einer Älteren liiert zu sein, die anders ist als die anderen. Und eine Vampir-Hexe ist doch auch was feines.", entgegnete der große Türke.

Nachdem Pierre sich gefasst hatte, sagte er zu Jonas:

„Und wehe dir, du nennst mich Onkel."

„Nie nicht, Onkel Pierre. Das würde mir nie einfallen.", gab er mit schelmischem Unterton zurück.

Ystad, Schweden. Zehn Stunden zuvor ...
Das Wasser hatte eine angenehme Temperatur und in dieser lauen Sommernacht nutzten es jugendliche aus. Sie feierten trotz der Warnung vor einem möglichen Serienmörder mit Lagerfeuer und Alkohol eine ausgelassene Strandparty. Erst vor ein paar Tagen wurde eine weitere grausam zugerichtete Leiche etwa einen Kilometer entfernt am Strand gefunden.

An dieses mutmaßliche Verbrechen dachte in dieser Nacht niemand von den feiernden Jugendlichen. Kurz nach Mitternacht wurden einige der jungen Partygäste unruhig und nervös. Ein Pärchen hatte sich vor mehr als zwei Stunden zurückgezogen, um alleine zu sein. Die Leute machten sich jeweils zu dritt auf die und durchkämmten die Gegend. Nach einiger Zeit hörten sie einen langgezogenen Schrei und eilten in die Richtung, aus der sie ihn vernommen hatten. Nach und nach trudelten die Jugendlichen ein und sahen ein Mädchen, welches von einem der Jungs und einer jungen Frau beruhigt wurde.

Alle sahen den Grund, weshalb sie so geschrien hatte.
Am Strand lagen zwei zerfetzte Leichen ...

Jetzt

„... ja, wir sind gleich da, Frau Svedberg.", sagte Jonas und beendete das Gespräch. Er lenkte seinen Volvo direkt zur Fähre nach Rødbyhavn. Von weitem sah er schon die schwedische Polizistin, die mit zwei ihrer Kollegen auf ihn und seine Freunde wartete. Die Uniformierten winkten sie gleich auf die Fähre.

Sie verliessen das Fahrzeug und machten sich miteinander bekannt. Die drei Schweden staunten nicht schlecht, als sie die schwarze Katze auf Jonas Schulter sahen.

„Also ich habe ja schon viel gesehen, aber eine Polizeikatze ist mir neu.", sagte Yelena Svedberg schmunzelnd.

„Ist die immer dabei?"

„Nee, eher selten. Im Wagen war kein Platz mehr, deshalb durfte sie heute mal mitkommen. Sonst ist meine Frau dabei."

Die leicht pummelige Polizistin streichelte die Fellnase. Als sie die Katze Mieze nannte, fauchte diese und langte mit der Pfote zu. Erschrocken zog Yelena ihre Hand zurück, die drei blutige Kratzer davon trug.

„Ach ja, ich vergaß zu erwähnen, dass Yasmina es hasst Mieze oder Muschi genannt zu werden. Das darf nur ich.", erklärte Jonas. Yelena schaute ungläubig und ihre Gesichtszüge entgleisten völlig, als sie in ihrem Kopf die Stimme vernahm:

‚Hör auf, ihn anzuhimmeln, das ist meiner!'

Die Katze kletterte so weit an Jonas runter, bis er sie in den Arm nahm. Er sah das verdutzte Gesicht der schwedischen Kriminalpolizistin und sagte:

„Das macht sie öfter, aber eigentlich ist sie ganz friedlich."
Jonas fiel der ebenfalls feindselige Blick Vanessas auf und das war ihm nicht geheuer. Yakup und Pierre war das nicht entgangen.

„Das kann ja heiter werden.", flüsterte der große Türke dem Templer zu.

Obwohl es nicht erlaubt war, hatten sich Jonas und seine Freunde für die Dauer der Überfahrt ins Auto zurückgezogen. Er wollte eine Eskalation verhindern.

„Mädels, ihr solltet euch ein wenig zurückhalten. Wir sind Gäste und nicht überall lauert der Feind.", wies er Yasmina und Vanessa zurecht.

„Ich traue denen nicht!", flüsterte die Vampirhexe.

„Etwas stimmt nicht mit ihnen.", fügte sie nach kurzem Schweigen hinzu.

Jonas ging die Bemerkung der ehemaligen Sekretärin nicht aus dem Kopf. Er wusste, dass ihre Instinkte deutlich feiner waren als die der Menschen.

Ein Rumpeln zog sich durch das Fährschiff. Einige Minuten später öffnete sich der Bug und die Fahrzeuge verliessen das große Schiff. Jonas startete den Motor und folgte dem Wagen der schwedischen Kollegen. Im Hafen fuhren sie an den rechten Standstreifen und stiegen aus. Yelena Svedberg kam auf Jonas zu.

„Leider sind wir da vorhin ja nicht zu gekommen. Wir fahren von hier aus direkt über den Öresund nach Malmö. In Ystad wurden zwei weitere Leichen gefunden. Wer oder was auch immer dafür verantwortlich ist, wird nach Malmö unterwegs sein.", sagte die Svedberg.

„Was macht Sie da so sicher?", fragte Vanessa.

„Das war bisher immer so. Ich habe Ihnen hier unsere bisherigen Erkenntnisse zusammen gestellt.", erwiderte die Schwedin und reichte der Vampirhexe einen Aktenordner.

„Die Daten darin reichen zurück bis ins Jahr 1820. Vielleicht finden Sie ja entsprechende Hinweise. Sie wurden uns empfohlen und ich hoffe, dass wir dem Ganzen ein Ende bereiten können.", sagte sie lächelnd. Die Hände der beiden Frauen berührten sich und Vanessa sah Bildfetzen, kurze Flashbacks. Yelena Svedberg ging zu ihrem Auto zurück. Jonas fiel der nachdenkliche Blick der Vampirhexe auf.

„Was ist los?"

„Ich hatte eben einen Flashback. Nicht die Svedberg ist das Problem, sondern einer ihrer Kollegen oder sogar beide."

Grübelnd setzten sie sich wieder ins Auto. Jonas sah sich um.

„Wo ist Yasmina?"

„Eben war sie noch hier.", erwiderte Vanessa. Yakup zeigte auf den davon brausenden Saab der schwedischen Polizisten.

„Ich habe da ein ganz mieses Gefühl.", äußerte er.

„Sie wird doch nicht ...", flüsterte Jonas.

„Diese Frau macht mich wahnsinnig.", maulte er ergänzend.

„Bist du das nicht schon lange?", fragte Vanessa.

Tempeldorf

„Hast du Yasmina gesehen?", fragte Anya Nick.

„Ich kann sie hier nirgends finden."

„Äh ... Sie hat sich zu Jonas ins Auto gemogelt. Ich habe versucht sie ...", erwiderte der Polizist.

„Na großartig! Dann muss ich mich alleine mit den beiden Leuchten in Wacken abärgern und aufpassen, dass sie kein

Chaos anrichten.", knurrte sie und machte auf dem Absatz kehrt. Wütend verließ sie den Speisesaal der Komturei.

„Autsch, da ist jemand sauer.", murmelte der Kripobeamte.

„Warum das denn?", fragte Kathi ihren Vater.

„Was ist denn so schlimm daran, mit Ariel und Delia auf Tour zu gehen?"

„Wenn du wüsstest ..."

„Ja komm, erzähl."

„Jede für sich ist eine tolle Frau, aber zusammen sind sie eine Katastrophe."

„Verstehe ich nicht."

„Letzteres nimmst du spätestens in einer Woche zurück.", erwiderte er orakelnd.

Die schemenhafte Gestalt folgte Ariel auf Schritt und Tritt. Niemand bemerkte sie. Sie beobachtete alles haargenau, was der Engel tat. Sie ging in ihren eigenen Schatten über und verschmolz mit jeder ihrer Bewegungen. In einem unachtsamen Moment der schwarzhaarigen Frau schlüpfte er in ihren Körper und nistete sich dort ein. Ihre Augen leuchteten kurz rot auf und sie lächelte.

Ariel suchte das Zimmer ihrer Freundin Delia auf und sah sie beim Packen ihrer Klamotten für das Heavy-Metal-Festival, welches einmal im Jahr stattfand.

„Hast du schon alles zusammen?"

„So gut wie. Ich überlege immer noch, ob was fehlt."

Ariel schaute auf die drei großen Reisetaschen, den Koffer und zog eine Augenbraue hoch.

„Dir ist schon klar, dass wir nur ein paar Tage weg sind und nicht umziehen?"

„Man muss auf alles vorbereitet sein."

Ariel wühlte in Delias Koffer herum und rollte mit den Augen und schüttelte den Kopf.

„Denkst du nur ans Ficken, oder weshalb ist hier nur Reizwäsche drin?", fragte sie.

„Nee, aber man kann doch nicht nach jeder Nummer die alten Klamotten wieder anziehen."

„Ich ... muss weg.", sagte Ariel und verließ nahezu fluchtartig Delias Zimmer. Auf dem Weg in die unteren Räume begegnete sie Anya.

„Was ziehst du denn für ein Gesicht? Stimmt etwas mit Delia nicht?", fragte die rothaarige Hexe.

„Äh ... ich denke, unsere Kleine ist mal wieder chronisch untervögelt. Ich vermute, dass wir sie öfter von irgendeinem Kerl runterziehen müssen."

„Hoffentlich sind da keine Dämonenjäger zwischen."
„Deswegen müssen wir besonders auf sie aufpassen."
„Ui ... das wird spaßig."
„Fragt sich nur für wen ..."

3. Böser Bube, toter Bube

Der Saab raste mit einem Irrsinnstempo über die E47. Yelena Svedberg schnauzte den Polizisten am Steuer an.

„Mikkelsen, wo haben Sie eigentliche fahren gelernt? Hier sind nur 130 km/h erlaubt!"

Der Mann reagierte gar nicht und trat das Gaspedal durch. Plötzlich spürte Yelena den kalten Stahl einer Pistole im Nacken. Sie erstarrte.

„Was soll das, Torge?"

„Schnauze halten. Sie werden unserem Meister nicht in die Quere kommen. Sie werden jetzt schön brav nach vorne gucken und bei nächster Gelegenheit werden wir Sie entsorgen. Danach sind Ihre deutschen Freunde dran."

„Warum das Ganze? Was haben Sie vor?"

„Yultaan darf bei seiner Mission nicht gestört werden. Und wenn er seine letzten Opfer gefunden hat, wird der Meister frei sein."

„Wer ist der ... Meister?"

„Asmodeus."

Auf einmal war der Druck im Nacken weg. Von der Rückbank erklang ein lautes Klatschen und Knacken. Yelena erschrak und drehte sich um. Torge war bewusstlos und blutete aus der Nase. Neben ihm saß eine orientalisch aussehende Frau.

„Sorry, aber wenn ich den Namen Asmodeus höre, bekomme ich immer nervöse Zuckungen.", sagte die Frau.

„Oops, wie unhöflich von mir. Ich habe mich Ihnen ja noch gar nicht vorgestellt. Mein Name ist Yasmina Drake." Sie reichte Yelena die Hand. Mikkelsen fuhr unbeirrt weiter. Dass sein Kollege ausgeknockt wurde, störte ihn nicht. Unbeeindruckt zog er seine Pistole und hielt sie der pummeligen Schwedin in die Seite.

„Schön lieb sein da hinten, sonst ist sie tot.", sagte er.

„Yelena, schon mal einen fliegenden Wechsel bei 190 gemacht?", fragte die Frau vom Rücksitz.

„N ... N ... Nein.", stammelte die schwedische Polizistin.

„Na großartig! Alles muss man selbst machen!", nörgelte Yasmina, umklammerte von hinten den Kopf des Fahrers und brach Mikkelsen das Genick. Blitzschnell öffnete sie die Fahrertür, stieß seine Leiche hinaus und enterte seinen Platz. Mit einem Arm hing der Tote noch im Sicherheitsgurt fest.

„Lass los, du Sau!", motzte die Ägypterin, schloss mit Schwung die Tür und übernahm die Kontrolle über den Wagen.

„Gesehen wie das geht? Hat Ariel mir beigebracht. Sie hat zwar keinen Führerschein, aber wie man sowas ..." Yasmina sah in ein perplexes Gesicht.

„Können Sie mir folgen, Frau Svedberg?"

Yelena schüttelte sprachlos den Kopf.

„Ok. Sie dürfen sich jetzt entspannen, übergeben oder in Ohnmacht fallen. Und ... Keine Sorge, ich habe alles im Griff.", sagte sie grinsend. Yelena starrte die Ägypterin an, verdrehte die Augen und wurde bewusstlos.

„Weichei. War mir klar, dass Sie Möglichkeit C wählen.", murmelte Yasmina. Sie bremste den Wagen ab und fuhr auf den Standstreifen.

Jonas verfolgte den davon rasenden Saab und fuhr Slalom zwischen den anderen Verkehrsteilnehmern. Mit Hupe und Lichthupe machte er sich bemerkbar.

„Sieh mal!", rief Yakup und zeigte auf den schwedischen Pkw. Die Fahrertür öffnete sich und eine Person fiel heraus. Sie wurde einige Meter mitgeschleift. Die Tür wurde geschlossen und der leblose Körper löste sich vom Auto. Er überschlug sich mehrfach, schlug mit voller Wucht gegen den vorderen Dachholm von Jonas Volvo, glitt über die Dachreling und krachte hinter ihnen wieder auf die Fahrbahn. Ein Lkw konnte nicht mehr rechtzeitig bremsen und überrollte den Polizisten.

„Lecker, morgen Mittag gibts Gulasch!", sagte Pierre.

„Du bist immer so pragmatisch. Aber bitte mit Knödel und Rotkohl.", erwiderte Jonas grinsend.

„Kann es sein, dass ihr einen leichten Hang zur Perversion entwickelt habt?" Vanessa sah ihre Freunde grimmig an.

„Na ja, immerhin hat deine Frau ihren Spaß.", ergänzte sie.

Der Hauptkommissar sah die Bremslichter des Saab und drosselte ebenfalls das Tempo. Er schaltete die Warnblinker ein, um den nachfolgenden Verkehr somit zu warnen, und folgte dem schwedischen Wagen auf den Standstreifen. Direkt dahinter kam er zum Stehen.

Jonas, Yakup, Pierre und Vanessa stiegen aus und eilten nach vorn. Da wurde die Fahrertür des Saab von innen aufgestoßen und Yasmina verließ das Fahrzeug. Sie reckte und streckte sich und sah grinsend ihrem Mann an. Aus dem Augenwinkel sah sie etwas zwischen Sitz und Rahmen. Sie hob es hoch.

„Kann noch jemand eine Hand gebrauchen? Der eigentliche Besitzer wird sie wohl nicht vermissen." Jonas sah seine Frau finster an.

„Nicht? Auch gut!", sagte sie und warf den blutigen Körperteil über ihre Schulter davon. Dann versuchte sie, ihren Mann zu beruhigen, der aussah, als würde er jeden Moment vor Wut explodieren.

„Brauchst keine Angst zu haben, Schatz. Ich hatte alles unter Kontrolle, so wie damals auf der Polizeischule.", murmelte Yasmina.

„Klar! Mit drei Toten, oder was?"

„Nicht doch. Nur einer nahm den Expressweg in die Hölle. Die anderen beiden schlafen."

„Hast du ..."

„Nein. Die Svedberg ist ohnmächtig geworden und den anderen hab ich ins Reich der Träume befördert."

Yasmina schaute zum Volvo ihres Mannes, zog eine Augenbraue hoch und stichelte:

„Dass du mit der kaputten Windschutzscheibe und dem Knick in der A-Säule keinen TÜV bekommst, weißt du?" Jonas drehte sich um und sah sich den Schaden an. Er verschränkte die Arme.

„Ja woran das wohl liegen mag ...", murmelte er und sah seiner Frau böse in die Augen.

„Keine Ahnung, wo du fahren gelernt hast!", stichelte sie weiter und grinste frech. Jonas drehte sich wieder um.

Er schaute in den silbernen Saab. Yelena saß zusammengesunken auf dem Beifahrersitz und schlief. Der zweite Polizist wachte gerade wieder auf und fasste sich an seine lädierte Nase.

„Du Miststück, dafür mache ich dich fertig!"; brüllte er Yasmina an.

„Na Yasmina, hast du wieder einen neuen Todfeind dazugewonnen?", fragte Vanessa und lachte.

„Und dich kill ich gleich hinterher, Bitch!", setzte Torge an die Vampirhexe gerichtet nach. Ihr Arm glitt wie der eines Geistes durch das Glas, ohne dass es zersprang. Dann griff sie blitzschnell zu, packte den besessenen Polizisten am Kragen und riss ihn hindurch. Das Fenster zerplatzte mit einem lauten Knall. Die Augen der Frau glühten rot und sie fletschte ihre Fangzähne.

„Dann versuch es mal, du Wicht!", sagte sie leise mit eiskalter Stimme. Die Angriffslust des Mannes wich Angst und Entsetzen. Er nässte sich ein und fing an zu wimmern.

„Ja, so sind die Jünger des Asmodeus. Im Rudel stark, einzeln feige Memmen. Erbärmliche Kreaturen.", äußerte Yasmina sich.

„Woher ... Asmodeus?", fragte Pierre.

„Yultaan, ein gefährlicher Dämon, will den Fürsten der Finsternis aus seinem Gefängnis befreien. Das hat das uniformierte Gulasch gesagt.", antwortete die schöne Ägypterin.

„Das wird wohl die Bestie sein, die für die Toten in Helsingborg, Malmö und Ystad verantwortlich ist.", krächzte eine verschlafene Frauenstimme.

„Oh man, hatte ich einen bescheuerten Traum. Da waren ein paar Verrückte aus Germany mit einer Katze, die gar keine Katze ..." Yelena Svedberg drehte sich um und sah die drei Männer und zwei Frauen aus Deutschland. Ihre Augen wurden groß.

„Scheiße! Doch kein ... Traum?", fragte sie zaghaft. Die fünf Personen schüttelten synchron mit dem Kopf.

„Ich will nach Hause.", winselte Torge. Ohne mit der Wimper zu zucken oder nur einen weiteren Muskel zu bewegen, knallte Vanessa den Polizisten mit ihren geistigen Fähigkeiten gegen die B-Säule des viertürigen Saabs. Er verdrehte die Augen und sackte zurück.

„Torge ist müde, Torge muss schlafen.", sagte die Vampirhexe schulterzuckend und wandte sich von ihm ab.

Anya sah ratlos auf die drei großen Reisetaschen und den etwas kleineren Koffer, die Delia zum Auto geschleppt hatte.

„Also von mir aus können wir los.", sagte die Ex-Dämonin lächelnd. Ariel schüttelte den Kopf.

„Du machst mich wahnsinnig!"

„Warum das denn? Manchmal verstehe ich dich nicht. Seit du schwanger bist, bist du gelegentlich echt unausstehlich. Wegen dem bisschen Gepäck so einen Aufriss machen.", schnaubte Delia.

„Vielleicht ist es bei dir noch nicht angekommen, aber ich habe nur einen Kleinwagen!", maulte Anya stinksauer.

„Das ist ein Lupo und kein Bus!"

Daraufhin ging die Ex-Dämonin zu Kathi und Nick, übergab ihre Jacke und ihr Handy dem blonden Mädchen, kehrte zu ihren Freundinnen zurück und sagte:

„Das unwichtigste habe ich jetzt hier gelassen. Zufrieden?"

Sie setzte sich schmollend auf den Rücksitz des kleinen VW. Ariel und Anya sahen sich stumm an und schüttelten mit dem Kopf. Sie verstauten das Gepäck und fuhren daraufhin los.

„Verstehst du jetzt, was ich meine?", fragte Nick seine Tochter. Sie nickte.

„Jap. Anya tut mir jetzt schon leid."

Das Mädchen zupfte ihrem Vater am Ärmel.

„Sieh mal.", sagte sie und deutete schmunzelnd auf die drei Reisetaschen, die herrenlos im Innenhof standen.

„Autsch! Das wird jetzt richtig peinlich für Delia.", erwiderte Nick.

„Wieso?"

„Sie hat nur ihre Reizwäsche dabei."

„Oh oh ..."

Nach einiger Zeit trafen dänische Polizisten ein und nahmen alles zu Protokoll. Torge stand mit auf dem Rücken gefesselten Händen an dem Saab angelehnt, bewacht von Jonas und Pierre. Yelena unterhielt sich mit zwei der dänischen Kollegen. Sie erklärte ihnen grob, was vorgefallen war und dass sie auf dem Weg nach Schweden seien. Auf Einzelheiten verzichtete sie, denn sie befürchtete, dass ihr die Kollegen nicht glauben würden. Der Saab der Schwedin wurde auf einen Abschleppwagen verladen. Yelena wandte sich Yakup zu.

„Ich habe da jetzt ein kleines Problem. Wo bekomme ich so schnell einen Ersatzwagen her?"

„Sie können bei uns mit fahren."

„Aber Sie haben doch nur einen Fünfsitzer."

„Das passt schon. Vanessa und ich verkrümeln uns in den Laderaum.", mischte Yasmina sich ein.

Yelena nahm die Orientalin bei Seite und fragte sie leise.

„Was sind Sie und Ihre Freundin eigentlich? Ich habe sowas wie Sie noch nie gesehen."

„Das ... ist schwierig. Belassen wir es dabei, dass es Dinge zwischen Himmel und Erde gibt, die sich rational nicht erklären lassen."

Die pummelige Schwedin nickte und stellte keine weiteren Fragen. In diesem Moment riss Torge sich los und rannte auf die Seite des Gegenverkehrs. Er kam bis zur zweiten Spur und wurde dort von einem Bus erfasst, der ihn beim Aufprall davon schleuderte. Schreiend prallte er gegen einen Baum. Jonas und Pierre liefen durch die nun langsam fahrenden Fahrzeuge und fanden den Polizisten in der Böschung liegend. Für ihn kam jede Hilfe zu spät. Der Aufprall hatte seinen Schädel zertrümmert und das Rückgrat gebrochen.

„Verdammt! Ich hatte gehofft, Informationen aus ihm heraus zu bekommen.", sagte der Hauptkommissar.

„Geduld Jonas, wo einer ist, sind mehrere.", erwiderte

Pierre. Er sah genauer auf den Toten und zeigte auf dessen Hals. Der Templer hatte eine kleine Tätowierung entdeckt, die eher einem Brandmal glich. Er winkte Vanessa zu sich.

„Vielleicht weiß sie mehr darüber.", sagte er zu Jonas. Die Vampirhexe schritt elegant und vom Verkehr unbeeindruckt quer über alle Spuren der Autobahn. Die Menschen starrten die Frau in ihrem bodenlangen schwarzen Kleid an, die sie keines Blickes würdigte. Yakup folgte ihr und nahm sie an die Hand. Yasmina hatte sich in einem unbeobachteten Moment wieder in die kleine schwarze Katze verwandelt, lief den beiden hinterher und sprang Vanessa auf die Schulter. Bei der Leiche angekommen erblickte sie sofort das Symbol.

„Ich kenne das Zeichen. Einer von Asmodeus Kerkermeistern trug dasselbe."

„Also doch der gehörnte Bastard.", murmelte Jonas.

„Hm ... ich kann mir nicht vorstellen, dass Luzifer ihn so schnell freilässt."

Vanessa hockte sich neben die Leiche. Sie fummelte an der Jacke des Toten herum und öffnete sie weiter. Auf der Brust prangte eine großflächige Brandnarbe in Form eines Teufelskopfes. Die Vampirhexe berührte ihn und schloss ihre Augen. Sie empfing eine Vision. Ein Schmerz erfasste sie, sie griff sich an den Kopf und Yakup wollte ihr zu Hilfe eilen, aber sie wehrte ihn ab. Dann erhob sie sich. Ihre Augen glühten kurz rot.

„Die Toten in Schweden sind nur ein Ablenkungsmanöver. Yultaan geht es um etwas ganz anderes.", sagte sie leise. Jonas sah die weiße Vampirin erstaunt an.

„Weißt du auch, um was genau?"

„Allerdings." Sie guckte Yasminas Mann in die Augen.

„Er will Ariels Blut."

Nachdem sich der Schock bei den Freunden gelegt hatte, überlegten sie fieberhaft, wie sie jetzt vorgehen sollten.

„Was machen wir jetzt? Wir müssen Yultaan aufhalten und ...", sprach Jonas und wurde von Vanessa unterbrochen.

„Vergiss es. Der wird hier nichts mehr anrichten, er ist längst auf dem Weg zur Komturei."

„Sorry, was für eine Komturei?", fragte Yelena Svedberg. Die vier Personen und die Katze lösten sich vor den Augen der schwedischen Polizistin in Luft auf.

„Ja ... ich finde es auch toll, dass wir mal drüber gesprochen haben ...", sagte sie und schlurfte zu dem Volvo des deutschen Polizisten. Sie sah sich um. Die Fahrbahnen waren wieder frei. Yelena setzte sich in den Kombi. Erleichtert stellte sie fest, dass der Zündschlüssel steckte. Sie startete den Motor und fuhr langsam bis zur nächsten Leitplankenunterbrechung. Diese nutzte sie, um zu wenden. Sobald sie auf der Fahrbahn war, trat sie das Gaspedal des Automatikfahrzeugs bis zum Bodenblech durch. Der Fünfzylinder Turbomotor brüllte, die Vorderräder drehten durch, hinterließen zwei qualmende schwarze Striche auf dem Asphalt und der Wagen beschleunigte brachial.

„So nicht, meine Freunde, so nicht.", murmelte sie, suchte im Navigationssystem des Volvos den ursprünglichen Startpunkt und gab diesen als Ziel ein.

„Dauert zwar etwas länger, aber ich komme.", gab sie grummelnd von sich und fuhr zügig zurück nach Rødbyhavn.

4. Trio Katastrophale

Im Innenhof der Komturei baute sich eine Nebelwolke auf, aus der Jonas, Yakup, Pierre, Vanessa und Yasmina heraustraten. Die Ägypterin löste sich von der Schulter der Vampirin und verwandelte sich im Sprung zurück in ihre menschliche Gestalt.

Nick und Kathi kamen ihren Freunden entgegen.

„Schon fertig mit der Monsterjagd?", fragte er.

„Und wo ist dein Auto?"

„Wird von einem schwedischen Express-Dienst gebracht. Aber nun was Wichtiges: Wo ist Ariel?"

„Äh ... die ist vor knapp einer Stunde mit Anya und Delia nach Wacken aufgebrochen. Warum? Was hat sie jetzt wieder angestellt?"

„Noch nichts. Sie ist in Gefahr und wir müssen sie vor Yultaan finden."

„Was ist ein Yultaan?"

„Das ist ein gefährliches Monstrum!", mischte Kathi sich ein.

„Woher weißt du das?", fragte Jonas erstaunt.

„Der war in Itzehoe am Rumwüten, während der Schlacht auf Fehmarn und hat einen regelrechten Leichenberg hinterlassen."

„Oh ... und was hat ihn aufgehalten? Auf der Insel kam er zum Glück nie an."

„Ein Schattenwesen hat ihn in die Hölle zurückgeschickt."

„Weißt du mehr über ihn?"

„Yultaan ist ein unbekannter Maya-Gott, der nach deren Untergang komplett in Vergessenheit geriet. Er galt als blutrünstig und brutal, verlangte Menschenopfer und soll einer Legende nach vor fast eintausend Jahren gestorben sein. Asmodeus hielt gefangen und rekrutierte ihn später. Irgendwann erhob er sich gegen seinen Meister und ging seinen eigenen Weg. Bevor er erscheint, stinkt es nach Schwefel und Verwesung, nur wenn man es wahrnimmt, ist es meist zu spät."

„Okay.", unterbrach Jonas Kathi.

„Und was machen wir jetzt? Wir können nicht durch eine Menschenmenge hüpfen und nach einem gefährlichen Dämon oder Gott fragen."

„Irgendwelche Vorschläge?", fragte Yakup.

„Wie wäre es, wenn wir das Schattenwesen suchen?"

„Äh ... Yakup, bis wir es gefunden haben, sind vor Ort über 70.000 Menschen dem Tod ausgeliefert. Zumal wir nicht einmal wissen, wer oder was dieses Schattenwesen ist und wie es heißt."

Schweigen machte sich in der Runde breit, bis Vanessa eine Idee hatte.

„Nick, hattet du und Ariel in den letzten achtundvierzig Stunden Sex?"

„Äh ... ja, warum?"

„Suche alle Klamotten und alle Dinge, die sie beim Sex an hatte oder berührte zusammen und das bitte schnell." Er sah die Vampirhexe verdattert an.

„Nun beeil dich endlich. Jede Sekunde zählt." Nick lief postwendend los und kam zehn Minuten später mit einem Berg an Wäsche und Sexspielzeugen zurück. Sehr zur Belustigung seiner Tochter und seiner Freunde.

„Ohlala, da hat aber einer den zweiten, dritten und vierten Frühling auf eine Nacht verlegt.", amüsierte sich Jonas.

„Alter, was geht denn bei euch so ab?", fragte Yakup lachend. Vanessa ging nicht näher drauf ein und wühlte sich durch den Textilhaufen und die Gegenstände. Mahnend hob sie einen pinkfarbenen Vibrator hoch.

„Neue Verhörmethode?"

Nick wurde rot und wünschte sich einfach nur weg, klappte aber nicht. Dann sagte die weiße Vampirin:

„Okay, Schluss mit lustig. Falls sich jemand außer für die Sexpraktiken der beiden auch dafür interessiert, was ich jetzt vorhabe.", sie legte eine Pause ein und fuhr dann fort.

„Dämonen haben ein sehr feines Gespür für Pheromone. Da Ariel kein Mensch ist, sondern ein Zwitterwesen zwischen Dämon und Engel, sondert sie die zehnfache Menge unmittelbar vorm Sex und speziell dabei ab. Diese versuche ich jetzt zu konzentrieren. Das sollte Yultaan von Ariel ablenken und ihn direkt hierher locken."

„Von welcher Konzentration reden wir denn?"

„Fünfhundert zu eins. Ich denke, das sollte reichen."

Vanessa wies zwei Templer an, ihr umgehend die wichtigen Zutaten für das Ritual zu besorgen, und machte sich an ihre Arbeit.

Die Fähre legte in Puttgarden an und nachdem die Bugrampe geöffnet wurde, bekamen die Fahrzeugführer Anweisungen, in welcher Reihenfolge sie das Schiff verlassen durften. Yelena Svedberg dauerte das zu lange und sie schoss zwischen zwei Lkw mit durchdrehenden Vorderrädern hervor. Hupend und mit Lichthupe verschaffte sie sich Platz. Sie raste die Rampe rauf und hob oben am Übergang zur breiten Inselstraße ab. Der Wagen setzte zwei Meter weiter unsanft auf dem Asphalt auf. Funken stoben, ein Scheinwerfer brach aus seinen Halterungen heraus und baumelte am Kabelstrang. Die rechte Verriegelung der Motorhaube brach und die Haube stand ein stückweit hoch und vibrierte. Der Spoiler zerbrach in mehrere Stücke. Unbeirrt raste sie, ohne auf die Verkehrsregeln zu achten, Richtung Tempeldorf. Das Navi zeigte eine Restzeit von zwei Stunden und fünfzehn Minuten an. Die pummelige Schwedin lächelte.

„Das wüsste ich aber. Das kann ich toppen!", murmelte sie und trat das Gaspedal bis zum Anschlag durch.

„Hauptkommissar Drake, hier kommt die Kavallerie!", brüllte sie.

Die drei Frauen hatten das Festivalgelände erreicht und bauten ihr Zelt auf. Ein paar Metalheads halfen dem hübschen Trio. Die Männer spendierten eine Runde Bier nach der anderen. Anya sah Ariel an und sagte leise:

„Du bist schwanger, da solltest du nicht saufen wie ein Gully."

„Lass mal gut sein. Ich bin anders als ihr Menschen. So ein bissel Bölkstoff haut mich nicht um."

„Irgendwie werde ich gerade rattig.", warf Delia ein. Ariel und Anya zogen ihre rechte Augenbraue hoch und antworteten synchron.

„Werden?"

„Ja was denn? Ich brauch auch mal meinen Spaß."

„Mal?", fragten beide erneut gleichzeitig.

„Soweit ich mich erinnere, ist das bei dir ein Dauerzustand.", murmelte Anya.

„Das kannst du so nicht sagen."

„Naja, immerhin hat sie bis jetzt die Brüder in der Komturei verschont.", sagte Ariel grinsend.

„Was macht dich da so sicher?"

„Mir kam noch keiner mit glasigem Blick und Dauergrinsen entgegen."

„Ach übrigens, wann wolltet ihr mir eigentlich sagen, dass meine Taschen noch in der Komturei stehen?", fragte Delia vorwurfsvoll. Anya und Ariel sahen sich an und zuckten mit den Schultern.

„Nun probe hier mal nicht so einen Zwergenaufstand. Wir haben alle drei dieselbe Klamottengröße. Da ist bestimmt was für dich mit dabei.", sagte Ariel. Dem einstigen Engel und der Hexe waren die lüsternen Blicke zwischen Delia und einem der Metalheads nicht entgangen. Die Ex-Dämonin griff nach seiner Hand und sagte:

„Gut. Dann habe ich eben jetzt meinen Spaß, bevor es hier richtig losgeht!"

Delia verließ das Zelt des Metalheads und stakste breitbeinig über den Acker, als hätte man ihr während der Fahrt das Motorrad geklaut. Ariel und Anya amüsierten sich über die Körperhaltung ihrer Freundin und konnten sich gar nicht einkriegen vor Lachen.

„Was ist denn mit dir los?"

„Hör bloß auf, ey. Dieser Hengst hat mich trocken in den Keller gerammt, dabei hatte der Penner Gleitcreme dabei.", antwortete Delia etwas blass um die Nase. Sie wollte sich setzen, aber das war für sie mehr als unangenehm. Ariel sah ihre Freundin schadenfroh mit einem zarten Hauch von Mitleid an.

„Ich glaube, ich knöpfe mir den Herrn mal vor.", sagte sie.

Ariel ging unbekümmert und immer noch grinsend zum Zelt des Typen. Nach einer geschlagenen Stunde verließ sie die Behausung und sah, wie Delia sich erhob und ihr Gesäß rieb. Die sah erschrocken, dass das Zelt brannte.

„Was ist das da?", fragte sie vorwurfsvoll und fuhr fort.

„Du hast mir versprochen, niemanden zu töten!" Ariel schaute zurück und sah dann wieder zu ihrer Freundin.

„Hab ich auch nicht. Der liegt daneben. Aber ich glaube, ich habe ihn kaputt gemacht. Es roch auf einmal so angebrannt und er fing an zu heulen." Sie hob einen Strap-On hoch und grinste schadenfroh.

Delia und Anya schauten zu dem brennenden Zelt und sahen, wie sich der Mann erhob, um nackt und schreiend an den drei Frauen vorbei zu laufen. Er sprang mit seinem Gesäß in eine große Pfütze, aus der Qualm aufstieg. Nach einem erleichterten langgezogenen Seufzer verdrehte er die Augen und kippte bewusstlos um.

„Hm … was ein Loser.", sagte Ariel und schaute fast schon mitleidig nach unten. Unbemerkt schnippte sie mit den Fingern und die Brandwunden des Metalheads waren bis auf einige kleine Blessuren genesen.

„Sag mal, hat Nick nichts dagegen, das du dich hier vögeln lässt?", fragte die rothaarige Hexe den einstigen Engel.

„Hm ... hab ich ja nicht. ", sagte sie breit grinsend und wedelte erneut mit dem Umschnalldildo.

Das Ritual war seit zwei Stunden vollendet, aber von Yultaan fehlte bis jetzt jede Spur.

„Hast du etwas übersehen oder vergessen?", fragte Jonas. Vanessa sah zur Kontrolle auf alle Zutaten und zur Sicherheit erneut in ihr Grimoire und schüttelte mit dem Kopf. Ihre eisblauen Augen leuchteten.

„Nein. Alles korrekt durchgeführt. Da gibt es nur zwei Möglichkeiten. Yultaan ist nicht darauf reingefallen, oder etwas Unvorhergesehenes ist eingetreten."

„Das wäre ... was?", fragte Nick besorgt.

„Äh ... ja ... gibt es in Wacken Alkohol?", äußerte Vanessa als Gegenfrage.

„Warst du noch nie da? Es ist, so weit ich weiß, nicht als Jahrestreffen der anonymen Teetrinker bekannt, sondern ist eines der größten Metalfestivals überhaupt. Wer da ohne Alkohol herumläuft, ist entweder krank oder trinkt aus Überzeugung nicht.", murmelte Jonas.

„Scheiße!", knurrte die Vampirhexe.

„Dann könnte es sein, dass Ariel da herumgepoppt hat."

„Ist nicht dein Ernst, oder? Sie würde nie ...'"

„Vergiss es! Die Engelshälfte in ihr verträgt keinen Alkohol, die dämonische säuft wie ein Loch. Das Zeug setzt ihre Selbstkontrolle außer Kraft. Solange das Gesöff in ihr wirkt, ist sie genauso ein notgeiles Weib wie Delia."

Kathi sah, wie ihr Vater einen hochroten Kopf bekam.

„Na die kann was erleben, wenn sie nach Hause kommt!", schnaubte er vor Wut. Vanessa drückte den aufbrausenden Polizisten an der Schulter wieder zurück auf den Stuhl.

„Nun komm mal wieder runter, Papa.", sagte seine Tochter.

„Sie ist demnach nicht sie selbst. Sie würde dich doch nie bewusst betrügen ... oder?" Letzteres richtete sie hilfesuchend an Vanessa.

„Kathi hat recht. Sobald die Wirkung des Alkohols verflogen ist, wird sie sich an nichts erinnern können. Ein Anschiss wäre daher völlig sinnlos und überflüssig, da sie nicht verstehen würde, was du in dem Moment von ihr willst.", redete sie beruhigend auf ihn ein.

„Wir müssen so schnell wie möglich zu den dreien, bevor Yultaan dort auftaucht.", sagte Jonas.

„... außerdem habe ich Bock auf Metal.", ergänzte er und scharrte mit dem Fuß auf dem Boden.

„Worauf auch sonst.", sagten Yakup und Yasmina zugleich.

„Dann stellt euch im Kreis auf. Ich bringe uns dorthin.", klinkte sich Jonas Frau in das Gespräch ein.

Anya hatte alle Hände voll damit zu tun, Ariel daran zu hindern Zauberkunststücke zu vollführen. Von explodierenden Feuerbällen, die in luftiger Höhe in einem bunten Feuerwerk endeten, bis hin zu sporadisch auftauchenden Blitzen probierte sie alles aus.

„Boah, die Braut würde ich ja gerne mal ...", lallte ein breitbeinig laufender, auffallend angetrunkener Kerl mit stark tätowierten Armen. Seine Freunde lachten.

„Echt? Rosettenzerrung! Aua, aua, aua...", sang einer von ihnen den Song eines deutschen Comedians und konnte sich nicht mehr einkriegen vor lachen. Erst jetzt erkannte der Kerl das Mädchen, wurde blass, war schlagartig nüchtern, drehte sich um und entfernte sich schnurstracks zur Bühne, auf der in diesem Moment Arch Enemy am Abrocken waren.

„Das war knapp.", murmelte Delia und versuchte ihrerseits, die verrücktspielende Ariel unter Kontrolle zu bekommen. Der einstige Engel hüpfte mit einer Flasche Jack Daniels in der einen Hand und der anderen Blitze werfend ungebändigt durch die Menschenmenge. Niemand bekam mit, woher die Pyroeffekte kamen, bis zu dem Augenblick, in dem drei Gothic-Mädchen sahen, wie in Ariels Hand ein Feuerball entstand. Er wuchs auf die Größe eines Medizinballs heran und dann schoss sie ihn in die Luft, wo er in zwanzig Metern Höhe explodierte. Eines der Mädchen fragte staunend:

„Geil! Wie machst du das nur? Kannst du mir das auch beibringen?"

Ariel sah die junge Frau mit dem langen Irokesenschnitt an und rülpste, so dass die Mädels dachten, sie stehen in einem Orkan. Ihre Haare standen danach pfeilgerade nach hinten.

„Das iss gansch eifach. Lasch dia im Middelalda verbrenn, dann komms du üba siebenhunnat Jahe späda wieda, dann kannsu das auch.", antwortete Ariel lallend. Sie verdrehte die Augen, rülpste erneut sehr wirkungsvoll und kippte um wie ein gefällter Baum. Die drei Schwarzträgerinnen sahen ihrem Abgang hinterher. Ratlos schauten sie sich an. Da hoben Anya und Delia ihre sturzbesoffene Freundin vom Boden auf. Die

Ex-Dämonin zuckte mit den Schultern.

„Sie kann nichts ab. Nach der vierten Dröhnung war schon Schluss."

„Na ich weiß nicht. Nach so einem bisschen werde ich erst warm.", erwiderte das Gothic-Mädchen.

„Ich auch. Ich hätte noch vier weitere Kisten davon geschafft.", antwortete Delia grinsend und schob die leere Jack Daniels Pulle mit dem Fuß rüber.

„Kannst du die bitte entsorgen? Wir haben gerade beide Hände voll."

Mit diesen Worten lösten sich die drei Frauen in Luft auf.

Die Gothics sahen sich ungläubig an.

„Vier Kisten? Jetzt brauch ich erst mal was hartes!", sagte die jüngste von ihnen.

„Passt!", antwortete die Mittlere, holte eine Plastikflasche mit Kakao aus ihrer Kampftasche und reichte sie ihrer Freundin. Die sah sie ungläubig an.

„Ich wollte etwas hartes! Ist der Tomatensaft schon alle?"

5. YULTAAN

Der V70 raste die Bundesstraße entlang und wurde nur in Ausnahmefällen gebremst. Die schwedische Polizistin hatte die halbe Strecke nach Tempeldorf geschafft. Ein Blitzen erschrak sie.

„Verdammt!", fluchte sie.

„Das wird Drake mit Sicherheit nicht so lustig finden.", murmelte sie zähneknirschend. Es war seit Puttgarden die elfte Radarfalle, die sie mitnahm. Nach einer bewaldeten langgezogenen Rechtskurve sah sie schon von weitem die Blaulichter. *Eine Straßensperre!*, schoss es ihr durch den Kopf. Sie drosselte ein wenig das Tempo und als unmittelbar vor ihr ein mit einer roten Kelle fuchtelnder Polizist auftauchte, legte sie eine Vollbremsung hin. Der Volvo-Kombi stellte sich quer und blieb schaukelnd stehen. Der Griff der hinteren Tür klopfte ganz zart an die Gürtelschnalle des Polizisten und die Gummiwolke zog langsam an dem Ordnungshüter vorbei, der ohne sich zu rühren, hustend dastand.

„Sorry, aber ich habe es eilig und bin im Einsatz!", rief sie ihm zu.

„Ah ja. Dann zeigen Sie mir doch mal ihren Dienstausweis und erklären Sie mir, warum Sie das Blaulicht und die Sirene nicht eingeschaltet haben.", antwortete er. Yelena Svedberg sah in den Fußraum auf der Beifahrerseite und entdeckte die blaue Rundumleuchte.

„Ach, da ist sie ja. Äh ... vergessen, aufs Dach zu packen.", sagte Yelena verlegen. Dann drückte sie auf den Knöpfen an der Mittelkonsole herum, bis die Sirene loslegte.

„Jetzt können Sie die auch wieder abschalten. Wir haben Sie schon bemerkt."

Der Streifenpolizist forderte die Schwedin auf, auszusteigen dem sie unverzüglich nachkam. Ein Kollege überprüfte die Papiere sowie die Angaben der Frau und das Kennzeichen des Wagens. Nach ein paar Minuten kam er wieder und gab ihr die Papiere zurück.

„Sie kennen Jonas Drake?"

„Ja, heute kennengelernt. Meine Vorgesetzten hatten ihn angefordert."

„Sie ärmste."

„Ich verstehe nicht ganz."

„Na, wo der und sein Freund auftauchen, denken alle anderen nur an Flucht. War er allein?"

„Nein. Er hatte zwei Frauen dabei und zwei Männer. Einen Franzosen und einen Türken. Die eine Frau sah orientalisch aus und die andere wie frisch aus Transsilvanien importiert."

„Oh ... Gute Weiterfahrt.", sagte der Polizist und gab das Signal die Straße für die Durchfahrt zu räumen.

„Und ... ich bekomme kein Ticket?"

„Nee meine Gute, Sie sind schon gestraft genug damit, Drake und seine Freunde zu kennen. Schönen Tag noch und ab jetzt ein wenig langsamer bitte.", sagte der Gesetzeshüter. Yelena nickte, stieg wieder in das Auto, positionierte das Blaulicht auf dem Wagendach, schaltete die Sirene ein und fuhr mit durchdrehenden Rädern weiter. Sie musste unbedingt Zeit aufholen.

Die Polizisten sahen dem davon brausenden Volvo hinterher.

„Wenn das so weiter geht, hat er bald eine Armee von Chaoten hinter sich.", nuschelte einer von ihnen.

„So wie der Wagen aussah, hatte er vor seiner Auslieferung seine schönsten Momente bereits hinter sich."

„Wie jetzt?"

„Ich habe auf den Tacho geschaut. Der hatte gerade mal 1509 Kilometer runter und sah jetzt schon aus wie reif für die Faltgarage."

„Naja, so wie die gefahren ist ..."

„Hast du seine Frau schon mal fahren sehen?"

„Nein, warum?"

„Wegen der war ich drei Monate zur Reha ..."

„Autsch!"

116

Die Musik war auf dem Zeltplatz klar und verständlich zu hören. Die dort übrig gebliebenen Besucher des Metal-Festivals feierten mit Bier und anderen alkoholischen Getränken. Hier und da räucherte ein Grill vor sich hin und die Camper bereiteten sich ihr Fleisch und Würstchen zu. Wie aus dem Nichts tauchten zwei Frauen in einer Nebelwolke auf, die eine dritte in ihrer Mitte stützten. Einer der Metalheads, die um einen Grill herum saßen, sah die drei Mädels ungläubig an.

„Wo kommt ihr denn her?"

„Äh ... habt ihr einen blauen Lupo gesehen?", fragte Anya.

„Nee, hier sind nur Bullis.", antwortete er und zeigte stolz auf die alten VW-Busse, die wie eine Wagenburg aufgestellt waren.

„Scheiße! Falsch abgebogen!", sagte die rothaarige Schönheit und verschwand mit den anderen Frauen, ebenso wie sie erschienen sind. Die Männer wollten sich ihr Grillgut greifen, aber die Nackensteaks auf dem Grill waren fort. Die Männer sahen sich an. Obwohl die drei Frauen verschwunden waren, hörten sie ihre Stimmen wie aus weiter Ferne.

„Delia, musste das jetzt wirklich sein?"

„Ja was? Es war doch so verlockend ..."

Einer der Metalheads kratzte sich am Kopf.

„Sag mal, ist das Bier schlecht, oder haben die hier irgendwas in die Luft gestreut?"

„Keine Ahnung, aber das ist definitiv der falsche Augenblick, um mit dem Saufen aufzuhören.", sagte er, stieß mit seinen Kumpels an und ließ die Bierflaschen klirren.

Der Mann im seltsam geschnittenen Mantel fiel in der Menge nicht sonderlich auf. Die enganliegenden Haare wirkten wie angeklatscht und der Ziegenbart gab dem länglichen hageren Gesicht mit den tiefliegenden Augen jedoch ein unheimliches Aussehen. Er sondierte die Menschenmenge und jeden, den er genauer ansah, schaute angewidert weg. Auf der Hauptbühne spielte eine Metalband aus Norwegen und brachte die Menge zum Toben. Die Scheinwerfer der Bühne übertrugen ihre Hitze bis in diese Entfernung. Desinteressiert von dem Spektakel bewegte sich der knöchrige Mann durch die Festivalbesucher. Gelegentlich hielt er seine Nase in die Luft, um die Witterung nach seinem Ziel aufzunehmen. Er suchte sie und musste sie finden, um sie zu vernichten, so wie es ihm sein Meister aufgetragen hatte. Er war nahe an ihr dran, das spürte er. Aber etwas versuchte, sie abzuschirmen, was seine Mission erschwerte. Geduldig folgte er ihrer Spur. Den Schatten, der ihn verfolgte, bemerkte er nicht. Der heftete sich an seine Fersen und ging in einem unachtsamen Moment auf ihn über. Seine Augen blitzten kurz rot auf und ein finsteres Lächeln zog durch das dünne Gesicht. Der Schatten hatte ihn übernommen, aber davon bekam der Mann nichts mit.

„Wir teilen uns am besten auf. Ich übernehme mit Yasmina und Pierre den Bereich hier. Nick, Vanessa und Kathi das Campingareal.", sagte Jonas.

„Wichtig ist, dass wir Ariel vor Yultaan finden."

„Toll, echt großartig. Und was machen wir, wenn wir sie haben? Wir können nicht teleportieren.", warf Nick ein.

„Nein, aber unsere beiden Nackenbeißer haben auch gewisse Fähigkeiten.", antwortete Jonas.

„Nackenbeißer? Das hättest du mal zu mir sagen sollen!", murmelte Vanessa und sah Yasminas Mann zähnefletschend an. Dann grinste sie frech.

„Und ... was ist mit mir?", fragte Yakup zaghaft.

„Du mein Freund schaust mal, wo es hier Kaffee gibt."

„Echt jetzt?"

„Nein! Geh mit Vanessa und pass auf die drei auf.", beruhigte Jonas augenzwinkernd seinen Freund und Kollegen.

„Und noch was, seid bitte vorsichtig.", fügte er ergänzend hinzu.

Nach acht weiteren Fehlversuchen und sechs geplünderten Grills erreichten Anya und Delia endlich ihr Lager. Sie setzten die schnarchende Ariel auf einen der Gartenstühle.

„Man war das anstrengend.", sagte die Ex-Dämonin erschöpft und wollte sich setzen. Sie zuckte zurück, als sie die Sitzfläche berührte.

„Oh, tut dein Hintern noch weh?", fragte Anya ihre Freundin vor Schadenfreude sprühend.

„Dein Mitgefühl ist ja mal wieder grenzenlos heute."

„Wenigstens ist unsere Partygranate ruhig." In diesem Moment hüpfte Ariel hoch, schoss eine Feuerkugel in den dunkler werdenden Himmel, schrie laut:

„Paaatyyyy!", und sackte augenblicklich wieder auf den Stuhl zurück und schlief schnarchend weiter. Dass der Feuerball in hundertfünfzig Metern Höhe wie eine kleine Supernova lautstark explodierte, bekam sie nicht mehr mit. Für einen kurzen Augenblick war es taghell.

„Würde mich echt nicht wundern, wenn nicht bald alle wissen, dass wir hier sind.", sagte Anya.

„Das Ding dürften die sogar in Tempeldorf gesehen haben.", erwiderte Delia.

„Mit euch beiden wird es jedenfalls nicht langweilig.", nörgelte Anya mit den Augen rollend.

„Die eine sturzbesoffen, total peinlich und nur am scheiße bauen, die andere dauergeil und verfressen! Womit habe ich das verdient?", nörgelte sie weiter und klatschte sich die Hand vors Gesicht.

Delia fasste an eine lockige Haarsträhne der rothaarigen Hexe.

„Oops, sehe ich da etwa ein graues Haar?", fragte sie lachend.

Yakup hielt Vanessa an der Hand. Er blieb kurz stehen und sah ihr in die Augen. Er küsste sie und murmelte daraufhin:

„Langsam verstehe ich Jonas Faible für diese Musik. Geile Akustik." Die Vampirhexe umarmte ihn.

„Du weißt aber, dass wir nicht zum Feiern hier sind, oder?"

„Stimmt, da war ja noch was.", stellte er fest und küsste sie erneut, diesmal aber lang und innig. Dann zerriss ein taghelller Blitz gefolgt von einem lauten Knall, der sogar die Musik übertönte, die Atmosphäre. Sie sahen dorthin, woher das Aufleuchten kam. Nick und Kathi standen unmittelbar hinter dem ungleichen Pärchen. Die beiden seufzten:

„Ariel."

Plötzlich herrschte auf dem gesamten Gelände eine unheimliche Stille. Selbst die Band spielte nicht mehr weiter. Der ohrenbetäubende Knall und der Blitz sorgten für Verwirrung bei den Besuchern. Einige Menschen kreischten entsetzt, andere entzückt. Dann rannten viele vom Platz. Panik brach aus. Inmitten dieses ausbrechenden Chaos sahen sich Pierre, Jonas und Yasmina an.

„Okay, sie ist definitiv lattenstramm!", murmelte der Templer.

„Nicht zu übersehen. Aber wie verhindern wir eine Panik?", fragte die Tochter der Katzengöttin.

„Sieh dich mal um, wir stehen schon mitten drin!", knurrte Jonas besorgt.

Ein paar Kilometer vor Itzehoe sah Yelena einen tagheillen Blitz gefolgt von einem lauten Knall. Erschrocken trat sie auf die Bremse. Der Volvo drehte sich einmal um die eigene Achse und kam dann zum Stehen.

„Das kann nur eines bedeuten ...", flüsterte sie und schlug ein Kreuzzeichen.

„Wollen Sie nicht langsam mal weiterfahren? Wir haben

nicht mehr viel Zeit.", sprach eine Frauenstimme leise neben ihr. Yelena zuckte zusammen und ihr rutschte das Herz in die Hose. Auf dem Beifahrersitz saß ein Schatten mit rotglühenden Augen.

„Wer sind sie? Was ... sind Sie? Was wollen Sie?", stammelte die schwedische Polizistin eingeschüchtert.

„Wird das jetzt ein Quiz? Ich sehe schon, so kommen wir hier nicht weiter.", flüsterte der Schatten und fuhr in die nervöse Frau ein. Ihre Augen blitzten kurz rot auf und ein Lächeln umspielte ihre Lippen.

„Dann eben auf meine Art." Sie riss den Wählhebel auf D und trat das Gaspedal bis zum Anschlag durch. Der Wagen verriss die Spur und brach vorne aus. Nach einigen Metern hatte sich der Kombi gefangen und preschte, zwei lange qualmende schwarze Striche auf dem Asphalt hinterlassend, vorwärts.

„Das wollte ich schon lange mal machen.", sagte der Schatten, der Yelena komplett übernommen hatte.

Zum Glück sind die Menschen so einfach zu kontrollieren., dachte das Wesen. Es schaltete das Radio an und vom USB-Stick kam Musik. Aus den Lautsprechern erklang der Song „Ashes" von Seven Spires, einer amerikanischen Metal-Band.

„Jonas, du hast Geschmack.", sagte sie lächelnd und prügelte den Wagen Richtung Wacken.

Delia und Anya stellten sich schützend neben die schlafende Ariel, als die Panik ausbrach. Die Menschen verließen im Eiltempo das Gelände. Sie ließen alles stehen und liegen, sogar ihre Autos ließen einige zurück. Vor ihnen baute sich ein Schatten mit rotglimmenden Augen auf.

„Hi Mädels.", flüsterte eine Frauenstimme.

„Ich werde jetzt eure Freundin entführen."

„Nur über meine Leiche!", fauchte Delia.

„Und über meine!", fügte Anya hinzu und nahm eine Abwehrstellung ein. In den Händen der Hexe bildeten sich Feuerbälle.

Der Schatten schnippte mit den Fingern und ein sekundenlanger starker Regenschauer ergoß sich über der Hexe und ließ die Bälle erlöschen. Klatschnass stand Anya da, schnappte nach Luft und sah geknickt auf ihre Hände.

„Das ist nicht fair ...", murmelte sie leise und ließ die Schultern hängen.

„Nun hört doch auf mit dem Kinderkram.", flüsterte der Schatten und schoss blitzschnell in den Körper des einstigen Engels. Er übernahm ihn vollständig. Die Augen der Frau leuchteten rot und sie lächelte.

„Solange sie abgetreten ist, übernehme ich Ariel.", sagte sie und entfernte das Schild, welches ihr Scherzbolde vor kurzem umgehängt hatten. Delia und Anya war dieses entgangen und sie lasen, was darauf geschrieben stand.

Out of Order! Do not Disturb!

Trotz der Situation konnten sie sich ein Grinsen nicht verkneifen.

„Ein Handtuch wäre jetzt nicht schlecht.", grummelte Anya und stapfte Delia und Ariel hinterher.

Trotz herrschender Panik verließen die Menschen zwar zügig, aber relativ geordnet das Gelände. Die Ordnungskräfte hatten geistesgegenwärtig die Absperrungen im Eiltempo abgebaut, so dass die Massen den Platz ohne große Behinderungen verlassen konnten.

„Wenigstens muss ich mich darum jetzt nicht kümmern.", murmelte Yasmina. Vor der Hauptbühne lichtete es sich rasant und dann fiel Jonas ein hagerer Mann auf, der unbeeindruckt stehen blieb, während um ihn herum alle türmten. Blitzschnell griff er sich einen der laufenden Metalheads.

„Wo ist der Engel?", fragte er ihn und hob den Mann am Hals hoch.

„Los, rede!", befahl er.

„Was ... willst ... du von mir?"; röchelte das Opfer. Der Hagere verlor schnell die Geduld und drückte zu. Er zerquetschte den Hals des Mannes und zerriss ihn hierauf in der Luft.

Obwohl Jonas schon viel grausames in den letzten Jahren erlebt hatte, traf ihn so etwas immer wieder wie ein Schlag in die Magengrube. Der Hagere schnappte sich diesmal eine junge Frau, die er ebenso würgend hochhob wie den Mann zuvor.

„Wo ist der Engel?", fragte er erneut.

„Hey du magersüchtiges Frettchen, lass die Frau los!", rief Jonas und zog seine Pistole. Der hagere Mann ließ das Mädchen fallen und drehte sich um. Yakup und Pierre hatten ebenfalls ihre Schießeisen gezogen und sie auf die unheimliche Erscheinung gerichtet.

„Du wagst es, mir Befehle zu erteilen, du Wurm?", fragte er. Das Mädchen hatte unterdessen nach einer minimalen Verschnaufpause das Weite gesucht.

Mit stechendem Blick aus seinen tiefliegenden Augenhöhlen musterte er die drei Männer, die ihn umzingelt hatten.

„Ihr armseligen Kreaturen könnt mich nicht aufhalten. Ich werde jetzt den Engel holen und mit seinem Blut den Meister befreien!", grollte er.

„Lass es mich in wenige Worte fassen ... Nein!", erwiderte

Jonas und schoss auf den Hageren. Die Kugel traf ihn ins Bein. Er schaute nach unten und sah ein qualmendes Loch in der Hose. Er lachte und sah den Kripobeamten amüsiert an.

„Ihr Menschen seid so dumm, ihr versteht einfach nicht, wann es besser ist, zu Hause zu bleiben." Mit einer laschen Handbewegung fegte er seine drei Gegner von den Füßen.

„Lass dich von meinem Aussehen nicht täuschen, kleiner Mann. Ich bin weitaus mächtiger, als du glaubst!", rief er. Kleine Blitze umzüngelten den ausgemergelten Körper, leichter Rauch stieg auf und er verwandelte sich in eine ekelerregende Kreatur. Muskulöse Arme und Beine entstanden, der Kopf veränderte sich zu einem großen hässlichen Schädel mit langer Schnauze, wie die eines Schakals und die Augen glühten. Ein bestialischer Gestank machte sich breit und dann war die Verwandlung abgeschlossen. Vor Jonas stand ein muskelbepackter halbverwester Dämon, der eine goldene Rüstung trug. Einen Brustpanzer, einen Helm mit schmalen Sehschlitzen und Öffnungen durch die Hörner ragten, Schienbein- und Unterarmpanzerung. Eine Kette aus Menschenschädeln hing um seinen Hals.

„Alter, siehst du scheiße aus!", sagte Yakup und schoss zweimal auf die Kreatur, jedoch ohne Wirkung. Wie bei Jonas zuvor schien Silber diesem Dämon nichts anhaben zu können. Das Monstrum zog ein Kurzschwert, wie man es von den Römern kannte und stapfte auf Pierre zu, der in kürzerer Reichweite zu ihm auf den Boden lag. Er hob die Waffe und wollte den Templer damit abschlachten. Plötzlich hielt er inne. Seine Augen flackerten, das rote Leuchten erlosch kurz. Ein Schatten löste sich von seinem halbverwesten Körper und nahm in unmittelbarer Nähe Gestalt an. Aus der dunklen Silhouette leuchteten rote Augen hervor. Sie nutzte die Verwirrung des Monsters aus und riss ihm den Brustpanzer vom Leib. Es schrie und fegte den Schatten hinweg. Der Brustkorb lag offen. Hinter Fleischfetzen und Knochen krabbelten Insekten herum, Würmer und Maden krochen durch vergammeltes Fleisch und Hautlappen. Langsam verband sich das Gewebe am ganzen Körper und heilte.

„Tut etwas, ich konnte ihn nur kurzzeitig schwächen.", flüsterte der Schatten Jonas zu. Bevor er oder seine Freunde reagieren konnten, sprang das Wesen in die flüchtende Menschenmenge und richtete ein Massaker an. Mit jedem den er tötete, regenerierte sich sein Körper mehr.

Yasmina sah ihren Mann an und sagte:

„Ich hab da eine Idee.", und verschwand in einer Nebelwolke.

6. Das Gespräch mit dem Abbé

Ariel, gesteuert von dem Schattenwesen, sah ihre beiden Mitstreiterinnen an.

„Wir haben ein Problem. Yultaan ist bereits hier und dieser Körper ... ist zu knille, als das ich ihn richtig steuern könnte. Es ist zu gefährlich für Ariel.", flüsterte sie.

„Und jetzt?", fragte Delia besorgt.

„Mal ganz unabhängig davon, dass er hier gerade ein Massaker anrichtet."

Die Ex-Dämonin überlegte fieberhaft, was sie jetzt machen konnten, und ein Geistesblitz schoss ihr durch den Kopf. Sie packte Ariel an der Hand und teleportierte sich mit dem einstigen Engel davon. Zurück blieb eine tropfnasse Anya, die sich deprimiert in den Gartenstuhl fallen ließ.

„Super, und was mach ich nun mit dem angebrochenen Vormittag?", brummelte sie in den Nachthimmel starrend.

„Großartig! Wir sind auf uns allein gestellt!", maulte Jonas. Yakup und Pierre standen hinter ihrem Freund, als Nick, Kathi und Vanessa zu ihnen stießen.

„Das mit dem aufteilen klappte auch nur bedingt. Versprengen trifft es eher.", äußerte Nick sich.

„Egal, jetzt sind wir fast wieder vereint."

„Du sagts es Yakup, fast.", erwiderte Jonas.

„Ohne unsere Special-Mäuse sind wir aufgeschmissen.", gab der große Türke zu.

„Nicht ganz. Mit unseren Schutzamuletten könnten wir einen Bannkreis erzeugen.", warf Pierre ein.

„Und wie? Yakup und ich haben keinen Plan von Magie."

„Das kommt noch, Jonas. Als Erstes müssen wir uns im Kreis verteilen und Yultaan zu uns locken."

„Der war gut! Der sieht in uns noch nicht mal Gegner, höchstens Opfer.", knirschte Jonas.

„Nicht mosern, handeln!", forderte der Templer seine Freunde auf. Daraufhin nahmen Yakup, Yasminas Mann, Nick, Pierre und Vanessa eine kreisförmige, einige metergroße Formation ein. Sie standen in gleichem Abstand zueinander.

„Hey Stinker! Suchst du nach mir?", hörten die Freunde Ariels Stimme über die Lautsprecherboxen der verlassenen Hauptbühne.

Yultaan drehte sich um und fletschte die Zähne. Er ließ von seinen Opfern ab und knurrte.

„Der Engel ...", zischte er, nahm Anlauf und sprang in riesigen Sätzen zur Bühne. Delia warf zwei Feuerbälle auf ihn und schleuderte Yultaan damit in den Kreis ihrer Freunde. Pierre murmelte eine Formel in Latein und die Falle schloss sich. Auf dem Boden entstand ein brennendes Pentakel, welches den Dämon darin einschloss. Diese Zeit nutzte Ariel, um sich zurückzuziehen.

Wütend darüber, dass er den Menschen in die Falle getappt war, tobte er. Die Männer und die Vampirhexe trugen ihre Amulette sichtbar über der Kleidung. Die jeweils fünf Kristalle an den Spitzen der Pentakel bildeten einen leuchtenden Kreis. Vanessa hob ihre Arme und brüllte eine lange rituelle Formel und am Himmel zogen sich schwarze Wolken über ihr zusammen und vereinten sich zu einer einzigen. Im Zentrum öffnete sie sich und aus einem Lichtkegel schoss ein Blitz, der die Vampirhexe in gleißendes Licht hüllte. Ihre hüftlangen Haare wehten im Wind und standen wie gespreizte Flügel ab. Ihre Augen glühten rot und aus ihnen schossen dünne Flammenstrahlen auf den Dämon zu. Aus heiterem Himmel passierte das gleiche mit den Amuletten der Freunde. Aus den zentralen Kristallen schnellten ebenfalls rote Strahlen hervor, die das Monstrum umschwirrten. Der Zerfall Yultaans begann. Muskeln und Gewebe zersetzten sich im Zeitraffer und die Knochen kamen zum Vorschein. Er schrie vor Schmerz und Wut, dann blitzte es auf und der Bannkreis erlosch. Erschöpft sanken die Freunde in die Knie und sahen zur Mitte der Ritualstelle. Nur ein verbranntes Stück Erde aus dem Rauch quoll, blieb zurück.

Sie hörten Motorgebrüll und laute Musik näher kommen. „Dremchaser" von Seven Spires ertönte und nahm ebenso wie das Gebrülle eines gequälten Motors an Lautstärke zu.

Funken stoben, eine Feuerwolke verpuffte unterhalb des riesigen Stierschädels rechts von der Hauptbühne und ein Auto mit eingeschalteter Sirene und Blaulicht schoss aus der Feuerwolke, mittig der Übertragungsleinwand heraus. Der Wagen schlug hart auf, Teile flogen wie Geschosse davon. Der Motor erstarb röchelnd und die Sirene wurde langsamer und leiser, bevor sie ihren Dienst letztendlich ganz aufgab. Ein gequälter Jammerton war das letzte, was man aus der Staub und Rauchwolke vernehmen konnte. Als sich die Sicht besserte, fiel Jonas aus allen Wolken.

„Ich werd irre! Mein ... Auto ...", krächzte er hustend und entsetzt.

„Schwedischer Lieferservice. Smörmjuk landning.", meinte Yakup lachend und zeigte auf das Wrack, das mal ein Volvo war. Jonas sah Yakup finster an.

„Butterweiche Landung? Von wegen Din dumma röv!"

„Hä?" Yakup kramte in seiner Jacke herum und aktivierte den Übersetzer seines Smartphones. Er las ‚Du blöder Arsch!'.

„Haha, sehr witzig!", knirschte er.

Ein blauer Lupo rumpelte über den unebenen Boden auf die Freunde zu und stoppte kurz vor ihnen.

Ein Schatten verließ die besoffene Ariel, die benommen auf dem Bühnenboden zusammen sackte und leise schnarchte, ein zweites Phantom löste sich von Yelena Svedberg und traf sich mit dem dritten bei der kleinen Rauchsäule. Die schwedische Polizistin saß schwer atmend an den Kombi gelehnt. Jonas, Yakup und Vanessa eilten zu ihr.

„Frau Svedberg, ist alles in Ordnung mit Ihnen?", fragte der große Türke. Sie sah ihn mit weiten Augen an und nickte.

„Alter, was für ein Trip. Erst der Feuerball am Himmel und dann hat mich etwas übernommen. Ich bin froh lebend hier angekommen zu sein. Was auch immer das war, es fährt wie eine besengte Sau!", meuterte sie.

Jonas sah Yelena wütend an und schlich um das herum, was mal sein Auto war.

„Der war erst gut drei Wochen alt!", brüllte er vorwurfsvoll seine schwedische Kollegin an.

„Ging aber gut ab das Teil.", schwärmte Yelena. Da bemerkte die pummelige Schwedin die Schatten, die auf sie zukamen. Sie riss die Augen auf.

„Nee, bleibt mir von der Pelle! Einer von euch hat mir gereicht.", motzte sie.

„Das geht leider nicht. Wir werden dich noch einmal entern müssen.", flüsterte einer der Schatten.

„Warum denn? Wir haben den Bastard doch besiegt.", warf Jonas ein.

„Mitnichten. Yultaan ist entkommen und hat sich nur zum Wunden lecken zurückgezogen. Es ist noch nicht vorbei.", sprach das Wesen leise.

„Und was hat dich so lange aufgehalten?", fragte Jonas Anya gereizt, die in der Zwischenzeit ihr Auto verlassen hatte, um zu dem Kripobeamten zu gelangen. Er musterte die noch immer triefende Hexe von oben bis unten.

„Gebadet wird aber nur sonntags und hier bei uns im Norden idealer Weise ohne Kleidung.", frotzelte er.

„Die beiden Katastro-Feen haben mich bei den Saufköppen und Panikhasen dahinten zurückgelassen.", maulte die rothaarige Hexe und deutete auf Ariel und Delia.

„Wenigstens ist dir nichts passiert.", erwiderte Jonas. Das Mädchen sah ihn ungläubig an und zupfte an ihrer nassen

Mähne. Sie präsentierte ihr erstes graues Haar.

„Nichts passiert? Dein Ernst? Ich bin noch nicht einmal dreißig und jetzt das! Daran sind diese beiden magischen Luftpumpen Schuld!", nörgelte sie.

„Was ist denn passiert?", fragte Nick neugierig.

„Glaub mir, das willst du gar nicht wissen. Und wenn doch, frag sie am besten selbst. Und wenn du kein verdammtes Handtuch dabei hast, lässt du mich besser in Ruhe!", fauchte sie und ging zu ihrem Auto.

Die Köpfe der Freunde ruckten zu dem einstigen Engel und der Ex-Dämonin herum, die just in diesem Moment auf der Bühne Rücken an Rücken gelehnt in den Himmel starrten und am Mikrofon „Blue Peter" von Mike Oldfield vor sich herpfiffen.

Yelena Svedberg zupfte Jonas am Ärmel und sah ihn fragend an.

„Wie viele von diesen Grazien kennen Sie denn noch?"

„Einige.", erwiderte er genervt.

„... aber ein Leben ohne sie könnte ich mir nicht mehr vorstellen.", murmelte er augenrollend und seufzte. In diesem Moment erinnerte er sich an seine verstorbene Tochter Sarah.

Ich bin immer bei dir Paps., hörte er in seinem Kopf ihre Stimme flüstern.

Ich weiß., antwortete er auf die gleiche Weise. Für einen Augenblick glaubte er, zu spüren wie sie sich an ihn schmiegte und liebevoll drückte. Schemenhaft sah er sie ein Weilchen, dann war sie verschwunden.

„War sie es wirklich?", fragte Yakup ihn leise, der das Mädchen ebenfalls gesehen hatte. Jonas nickte kurz und kämpfte mit den Tränen. Sein Freund nahm ihn in die Arme.

„Wir vermissen sie alle, mein Freund."

Ein Lagerfeuer erhellte den Innenhof der Komturei. Yelena war von dem riesigen Gebäude, welches mittlerweile eine Festung war, begeistert. Ebenso die Herzlichkeit, mit der die Templer sie aufgenommen haben, faszinierte sie. In einem Gespräch mit Pierre Rolland, dem Abbé, erfuhr sie, wie die Komturei vor ein paar Jahren wieder aufgebaut wurde. Der Templer erzählte ihr, dass er kurz zuvor mit einigen seiner Brüder auferstanden war.

„Aber der Orden wurde doch 1307 zerschlagen, 1312 aufgelöst und 1314 mit der Verbrennung des letzten Großmeisters endgültig vernichtet. Wegen angeblicher Gotteslästerung, der Anbetung Baphomets und Ketzerei kam das ganze doch erst in Wallung.", sagte sie.

Pierre lächelte.

„Es waren Neid und Habgier von König und Papst, die unseren Untergang verursachten. Alle Anschuldigungen waren Erfindungen kranker Gehirne. Baphomet wurde erst durch die Kirche zum Teufel erklärt, denn eigentlich ist er der Gott der Fruchtbarkeit, der Weisheit und der Wahrheit. Nur weil er nicht in das Weltbild dieser ... Institution passte, wurde er zu dem gemacht, wie er heute dargestellt wird."

„Wie meinen Sie das?"

„Es begann 325 nach Christus beim ersten Konzil von Nicäa. Dort wurde von den Bischöfen, Päpsten und anderen *Gelehrten* festgesetzt, was die Menschen glauben sollten und was in der Bibel stehen darf. Alles andere was ihnen nicht gefiel, landete in den Apokryphen. Die Kirche nahm sich das Recht heraus, die heilige Schrift nach ihren Vorstellungen zu formen. Es zählte nur ihre Meinung. Alle, die nicht das Kreuz Anbeteten wurden unter Folter und Vernichtung zwangs-christianisiert und auf den Weg Gottes gezwungen. Aus dieser ... verblendeten Ideologie wurden die Kreuzzüge, Inquisition und auch die Hexenjagden geboren. Viele Menschen starben grausam, weil irre Männer in Kutten und Roben sich als Sprachrohr Gottes bezeichneten, sich als sein Stellvertreter auf Erden ausgaben und im Namen des Herrn sogar vor Genozid nicht halt machten. Auch wenn sie heute friedlich und menschlich erscheint, sollte man sie nicht unterschätzen. Beim ersten Kreuzzug fielen die Kreuzritter in Jerusalem ein und richteten ein Massaker an. Erst als ihr Blutrausch erlosch, erkannten sie, dass sie friedlich zusammenlebende Menschen unterschiedlicher Religionen abgeschlachtet hatten. Sie ermordeten tausende von Juden, Moslems, Heiden sowie Christen. Und das alles nur, weil ein Irrer mit Kreuz gerufen hat ‚Deus Vult!', also ‚Gott will es!'. Ich kann mir nicht vorstellen, dass der Herr oder Jesus Christus ein solches jemals gewollt, mehr noch, verlangt haben." Pierre schwieg einen Moment und sah Yelena an, dann fuhr er fort.

„Als ich in dieser Zeit erfuhr, was alles nach meinem Tod geschah, schämte ich mich für meine Taten im Heiligen Land. Eine Zeitlang konnte ich mir selbst nicht mehr ins Gesicht sehen. Meine Brüder und ich haben zwar nicht den Glauben an Gott, Jesus Christus, die Jungfrau Maria sowie an Maria Magdalena verloren, aber wir folgen seit unserer Rückkehr nur noch unserem Glauben. Die Kirche ist für uns gestorben. Eines Tages wird der 25. Großmeister kommen und die Templer der Welt vereinen. Täglich werden wir mehr, sei es durch Auferstehung oder durch Zuwanderung in den Orden."

„Maria Magdalena? Die Prostituierte?", fragte die Schwedin zaghaft nach und zog eine Augenbraue hoch. Pierre räusperte sich.

„Dazu hat die Kirche sie gemacht, da sie keine Frauen in den Diensten des Herrn duldeten. Ihr Evangelium hat es nicht in die Bibel, wie wir sie kennen, geschafft. Heute findet man es in den Apokryphen."

„Hatte es Maria nach der Kreuzigung Jesu wirklich nach Europa geschafft? Es gibt ja Bücher, Filme und Dokus, in denen behauptet wird, dass sie von ihm schwanger war und ihre Gebeine später irgendwo in Frankreich von den Templern versteckt wurde. Stimmt das?"

Pierre lächelte und ging ein paar Schritte. Abrupt stoppte er, sah kurz in den Nachthimmel und dann in Yelenas Augen.

„Einiges sind Legenden, anderes entspricht der Wahrheit. Nur, würde ich Ihnen jetzt die Wahrheiten offenbaren, müsste sich Sie töten.", sagte er leise. Die Schwedin wurde blass und wich einen Schritt zurück. Dann lachte er laut los, legte seine Hand auf ihre Schulter und schüttelte immer noch lachend den Kopf.

„Das war ein Scherz, Frau Svedberg. Ich weiß zwar vieles, aber bei weitem nicht alles. Dafür war mein Rang nie hoch genug. Es soll aber Aufzeichnungen geben, die die einen oder anderen Geheimnisse dies bezüglich offenbaren würden. Kämen sie ans Licht, würde es das gesamte Weltbild der Kirche ins wanken bringen. Die Geschichte müsste neu geschrieben werden."

„Sie sind mir einer. Sie haben mir voll einen Schreck eingejagt.", erwiderte sie nun ebenfalls lachend. Yelena war erstaunt. Sie hätte nie gedacht, dass sich die Geschichte soweit von der Realität entfernt hatte. Nach Pierres Ausführung sah sie die Kirche mit anderen Augen. Vieles hatte sie im Internet und in Büchern gelesen, aber das alles aus dem Mund eines über 700 Jahre alten Mannes zu hören machte ihr deutlich, wen oder was sie für glaubhafter halten konnte.

„Wie viele sind Sie denn jetzt?"

„Echte Templer, oder auch die Nachahmer?"

„Die echten."

„Hier oben in Schleswig-Holstein sind wir gut zweitausend. Davon ein Drittel auferstandene. Viele leben aus Angst im Untergrund. Hinzu kommen Wesen der Nacht, Dämonen, Hexen und mehr, die hier eine Zuflucht gefunden haben. Wenn sie für die Seite des Lichts kämpfen sind sie bei uns stets willkommen. Von ihnen gibt es viele. Ein paar durften Sie ja schon kennenlernen."

„Leben Sie nach den alten traditionellen Regeln?"

„Zum Teil, aber wir haben uns in einigen Punkten dieser Zeit angepasst. Der Zölibat existiert bei uns zum Beispiel nicht mehr, aber viele der Brüder halten an dieser Tradition fest."

„Hm ... ich könnte es mir gut vorstellen bei Ihnen zu leben. Äh ... dürfen eigentlich auch ... Frauen ...", sie brach ihre Frage ab.

„Entschuldigung, welch dumme Frage. Es ist ja ein Männerorden.", sie lachte und kam sich gerade ziemlich blöd vor. Pierre schmunzelte.

„Nein, es gibt keine dummen Fragen, nur dumme Antworten. Und um Ihre Frage zu beantworten: ja, Frauen dürfen unserem Orden beitreten, schließlich leben wir im 21. Jahrhundert."

„Schade, der Weg von Malmö oder Ystad hierher wäre auf Dauer doch etwas zu aufwendig.", antwortete Yelena und senkte den Kopf. Die pummelige Schwedin biss sich auf die Unterlippe.

„Bei uns gibt es leider keine Ihrer Komtureien so weit ich weiß, sonst würde ich mich gerne mit den Templern vertraut machen."

„Doch, da gibt es eine kleine auf dem Ländlichen bei Ahus. Sie ist aber nur mit vier Brüdern besetzt.", holte der Abbé aus.

„Ich könnte ein paar meiner Brüder abkommandieren und die Komturei erweitern lassen. Wenn Sie es einrichten können, bleiben Sie drei bis vier Wochen hier bei uns. Sie könnten alles wesentliche lernen, den Aufnahmeritus durchlaufen und könnten irgendwann später die Komturei leiten."

„Als Tempelritter ... klingt verlockend.", sagte sie lächelnd.

„Nicht ganz. Den Rang eines Ordensritters müssten Sie sich durch Taten verdienen. Ich würde Sie bis dahin als Prior einsetzen, aber Sie unterliegen dem Befehl des ranghöchsten Bruders vor Ort. Und es hängt von Ihrem Land ab, ob die es zulassen. Wir möchten eventuellen Schwierigkeiten aus dem Weg gehen.", erklärte er ihr. Sie war von dem Gedanken so begeistert, dass sie sich vornahm, am Morgen mit ihren Vorgesetzten und den Behörden in Verhandlungen zu treten.

Gegen Mittag herrschte reges Treiben in der Komturei. Von dem Lärm geweckt schaute Yelena sich um. Sie reckte sich auf dem Gartenstuhl und bemerkte jetzt erst die Decke, die langsam zu Boden rutschte. Jemand hatte sie zugedeckt, ohne dass sie es mitbekommen hatte. Sie lächelte und dachte über das Gespräch mit Abbé Rolland nach. Ein angenehmer bekannter Duft zog in Ihre Nase.

„Kaffee?", unterbrach eine Stimme ihre Gedanken.

Ein Mann hielt ihr einen Becher mit dem schwarzen Heißgetränk vor das Gesicht. Es war Pierre. Dankbar nahm Yelena den Trinkbecher entgegen.

„Danke und guten Morgen.", sagte sie lächelnd.

„Wie haben Sie geschlafen?"

„Wie ein Stein."

„Das hat man gehört.", warf ein vorbeigehender Templer zwinkernd ein, nickte zum Gruß und zog weiter. Yelena lachte und wurde rot.

„War das echt so schlimm?", fragte sie den Abbé verlegen. Er grinste.

„Na ja, unten im Dorf hat sich noch keiner beschwert."

„Wie beruhigend." Beide lachten.

„Wenn Sie möchten, zeige ich Ihnen die Komturei und erkläre Ihnen die täglichen Abläufe."

„Sehr gerne.", erwiderte die Schwedin.

Jonas und Yasmina saßen im Speisesaal beim Frühstück. Er las die Schlagzeile und den Bericht von der Katastrophe auf dem Metal-Festival.

Terrorangriff bei Metal-Festival! 260 Tote!, stand als Überschrift. Die Presse schlachtete das Thema gnadenlos aus, aber verklärte es als Angriff einer Terrorgruppe, bei der die Attentäter angeblich alle umkamen. In den sozialen Netzwerken konnte man aber eine ganz andere Geschichte der Vorfälle lesen.

„Lange werden die Behörden und Medien die Wahrheit nicht vertuschen können. Die Besucher, die dabei waren, schreiben überall das, was tatsächlich vorgefallen ist. Könnte noch interessant werden.", murmelte Jonas.

„Steht da was über uns drin?"

„Im Netz ja, sogar mit einem Foto, wie wir Yultaan in die Falle gelockt haben. Vanessa sieht ja heiß aus, wenn sie schwebt."

„Na der oder die muss ja entweder total kalt und abgebrüht, oder gar absolut irre gewesen sein, beim Knipsen.", sagte Yasmina und ergänzte vorwurfsvoll:

„Ach übrigens süßer, ich kann auch schweben."

„Ja, ich weiß. Immer dann, wenn ich zu spät nach Hause komme.", unkte er. Sie knuffte ihrem Mann in die Rippen.

„Nun werde mal nicht komisch mein Lieber."

„Brauch ich nicht werden, bin ich schon.", erwiderte er frech grinsend und küsste sie. Er sah auf seine Uhr und sagte:

„Lagebesprechung um fünfzehn Uhr, wenn Caldor zurück ist. Bis dahin haben wir noch vier Stunden Zeit. Eine Idee, was wir bis dahin anstellen können?"

Sie legte den Zeigefinger ans Kinn und sah zur Decke.

„Häkeln, Stricken, Backen, den Jungs beim Beten zuschauen...“

„Ich dachte da eher an etwas, woran ich auch Interesse haben könnte.“

„Äh ... ja. Da fällt mir was ein.“, sagte sie grinsend und teleportierte sich mit Jonas in ihr Gästezimmer im Ostturm.

„Ohje, jetzt wird's schmutzig.“, meinte ein Templer lachend zu seinem Ordensbruder am Nachbartisch.

„Halleluja.“, rief der aus.

7. Grüsse von der anderen Seite

Yelena und Pierre hatten ihren Rundgang beendet. Die Faszination der Schwedin war ungebrochen. Die vielen Eindrücke, die sie gewonnen hatte, bestärkten sie umso mehr in ihrem Vorhaben eine Komturei in Südschweden zu errichten.

„Welche Aufgaben würden mir zufallen?“, fragte sie den Templer.

„Kochen, putzen, Staub wischen.“, antwortete er trocken. Yelena sah ihn ungläubig an. Pierre lachte.

„Nein, die Aufgaben ergeben sich aus den Regeln. Ganz wichtig ist, Ihre Bereitschaft Risiken einzugehen, Offenheit gegenüber dem Übersinnlichen, das Verständnis für übernatürliche Wesen. Eigenständig Entscheidungen treffen und ganz wichtig, die Schwachen beschützen sowie diplomatisches Geschick. Das Dorf, in dessen Nähe die Komturei liegt, unterliegt immer dem direkten Schutz unseres Ordens. Unsere Brüder waren damals schon in Schweden. Die Rundkirchen auf Bornholm stammen von uns.“

„Aber die Insel gehört zu Dänemark.“

„Richtig, aber wir hatten Beziehungen in ganz Skandinavien, welches Dänemark mit einschließt.“

„Äh ... die Frauen hier, Yasmina, Delia, Ariel und so, die sind ja etwas ... sehr speziell. Wo kommen die eigentlich her? Ich frage, weil es eine ganz neue Erfahrung für mich ist, mit solchen Wesen Kontakt zu haben. Sind die nicht gefährlich?“

„Für ihre Feinde ja, für ihre Freunde würden sie ihr Leben geben. Aber fällt man ihnen in den Rücken hat man Feinde, die kurzen Prozess mit Verrätern machen. Da sind sie gnadenlos.“, erklärte der Abbé ihr.

„Besonders Ariel und Delia sind da nicht zimperlich.“

„Oh, Yasmina war aber auch nicht gerade sanft zu Torge und Mikkelsen. Torge hat sie die Nase zertrümmert und Mikkelsen das Genick gebrochen bevor sie ihn mal eben aus dem

Auto warf."

„Und ihn einer Hand entledigte, die jetzt wahrscheinlich im Reifenprofil irgendeines Lkw die Gegend erkundet. Äh ... ja. Das war für ihre Verhältnisse aber nahezu zärtlich. Yasmina ist die Tochter der Katzengöttin Bastet, eine liebevolle Frau und über 3000 Jahre alt. Sie ist gerechtigkeitsliebend und reagiert extrem allergisch auf das Böse, egal ob Mensch oder Wesen.", führte Pierre näher aus.

„Und Vanessa? Die wirkt irgendwie ... unheimlich."

„Ok, da ist schon etwas mehr zu erklären." Er erzählte ihr von der Vampirhexe.

„Sie ist nur anfangs kühl und reserviert. Hat sie aber erstmal Vertrauen gefasst, kann man mit ihr sehr gut klar kommen."

„Vampir ... muss ich ..." Yelena brachte ihren Satz nicht zu Ende und sah den Templer verwirrt an.

Pierre lachte.

„Nein. Sie trinkt kein Menschenblut. Jedenfalls nicht generell. Bei Feinden sieht es anders aus, die könnten als Snack enden. Weiße Vampire vertragen auch Sonnenlicht und bewegen sich am Tage unter uns. Es gibt weltweit einige von ihnen. Momentan ist noch einer von ihnen Gast bei uns."

Diese Informationen musste Yelena erst mal verinnerlichen. Sie war fasziniert von den Erzählungen des Templers. Hätte sie nicht mit eigenen Augen gesehen, zu was Yasmina in der Lage ist, sie würde Pierre für einen fantastischen Spinner halten, der zu lange in der Sonne lag. Ihr Wissensdurst war geweckt.

„Und ... und was ist mit Delia und Ariel?"

„Delia ist eine Dämonin. Niemand weiß genau, woher sie kommt, außer das sie Myrddins Schützling ist. Aber alles Weitere müssen Sie sie schon selbst fragen."

„Myrddin? Sie meinen den großen Zauberer Merlin? Den gibt es wirklich?", fragte sie erstaunt. Der Abbé breitete die Arme aus und sagte:

„Sehen Sie sich doch hier um. Sehen Sie sich meine Freunde an. Da fragen Sie mich allen Ernstes, ob es ihn gibt?" Er schmunzelte.

„Ja, es gibt ihn wirklich. Aber wenn Sie ihm eines Tages begegnen, und das werden Sie, nennen Sie ihn niemals, wirklich niemals Merlin. Er hasst diesen ihm von Menschen gegebenen Namen."

„Oh ... und wenn ich mich verhaspel, verwandelt er mich dann in irgendein Krabbeltier oder so?", fragte sie ihn irritiert.

„Nein. Die einzige Möglichkeit, ihn dann zu besänftigen, ist ihn auf einen Cappuccino einzuladen. Er liebt das Zeug.", antwortete er schmunzelnd.

„Pierre, Sie wollen mich doch auf den Arm nehmen.", sagte sie und sah ihn skeptisch an.

„Keineswegs, er ist wirklich ein absoluter Cappuccino-Fan und er steht auf Heavy-Metal."

Yelena bekam den Mund nicht zu.

„Echt jetzt? Er steht auf Metal? Wie geil ist das denn?" Sie musste lachen.

„In dieser Festung stehen fast alle auf Metal, selbst die meisten meiner Brüder. Haben Sie schon mal rockende Mönche gesehen?"

„Äh ... Nein!?"

„Dann machen Sie sich am besten auf einiges gefasst. Bei uns ist absolut nichts unmöglich. Wir haben hier bei uns alles. Einen durchgeknallten Engel, der gerade *ein bisschen schwanger* ist, eine verpeilte nymphomane Dämonin, nörgelnde Magier und freche Hexen. Und das schöne, einige von ihnen sind mit Menschen liiert."

„Haben Sie noch ein Zimmer für mich frei?", fragte Yelena begeistert.

Die Versammlung im Speisesaal der Komturei war vollzählig.

„Nachdem nun alle erschienen sind, hat jemand Vorschläge, wie wir weiter vorgehen? Egal was wir anstellen, es darf kein erneutes Massaker geben. Das waren 260 Tote und tausende traumatisierte zu viel. Außerdem gab es zu viele Zeugen.", eröffnete Jonas die Zusammenkunft. Anfangs herrschte großes Schweigen. Erst Yakups Kommentar unterbrach die Stille.

„Yultaan nochmal in eine Falle locken wird wohl nicht funktionieren, oder?"

„Eher weniger. Ich kann mir nicht vorstellen, dass er dumm genug dafür ist.", gab Jonas zurück.

„Aber wir haben jetzt eine Waffe gegen ihn, die laut Überlieferungen gefährlich für ihn sein kann.", ergänzte er und zeigte zum Eingang des Speisesaals. Alle sahen in die Richtung. Einer der Templer betrat den großen Raum und trug ein verhülltes längliches rotes Samtkissen. Yasmina trat hinter ihrem Mann hervor und enthüllte die Waffe. Ein goldenes Chepesch, ein altägyptisches Krummschwert, lag auf dem Kissen.

„Yasmina hatte unseren Waffenschmied damit beauftragt, aus Yultaans Brustpanzer diese Waffe zu schmieden. Durch einen göttlichen Zauber ist diese Waffe unzerstörbar, solange sie nur zur Verteidigung und zur Vernichtung böser Kreaturen verwendet wird.", erklärte der Kripobeamte.

„Langsam wächst unser Bestand an mächtigem Metall.", sagte Yakup leise.

„... der schon vielen von uns das Leben gerettet hat und uns auch die Vernichtung Alenyas ermöglichte.", fügte Jonas in Anspielung an Sarahs Dolch hinzu, der einst von Caldor gefertigt wurde. Seit der Schlacht auf Fehmarn hatte er die Waffe nie aus der Hand gegeben. Die Erinnerungen an seine Tochter kehrten schlagartig zurück. Wie ein Film zogen sie an ihm vorbei. Sie stand vor ihm und lächelte. Jonas sah ihr in die Augen.

„Ich vermisse dich. Du fehlst mir ... uns allen." Sarah strich ihm zärtlich mit dem Daumen eine Träne von der Wange.

„Ihr fehlt mir auch. Aber sei dir gewiss, ich bin immer bei dir. Suche Horus."

„Horus?"

„Mein Großonkel. Er ist in einer Zwischendimension gefangen. Hilf ihm daraus zu entkommen, denn er ist ein wichtiger Gefährte für euch." Ihr Bild verblasste.

„Bitte geh nicht." Sein Kopf fühlte sich an, wie in Watte gepackt. Er konnte nicht mehr normal denken. Der Schmerz über Sarahs Verlust saß nach wie vor sehr tief. Jonas sank auf die Knie und rief seiner Tochter hinterher, die lächelnd in einer Nebelwolke verschwand.

„Bitte ... bleib ...", aber sie ging einfach. Er spürte einen leichten Druck auf der Schulter und eine Stimme, die weit entfernt schien, sprach mit ihm. Mit jedem Wort wurde sie klarer.

„Jonas, aufwachen! Hey, was ist los mit dir?" Die Schleier legten sich und er sah in Yakups und Yasminas besorgte Gesichter.

„Sarah?", fragte er, als er die hübsche Ägypterin sah.

„Muss ich mir jetzt Sorgen machen, Schatz?" Jonas stellte fest, dass er auf dem Boden lag und sah sich verwirrt um.

„Was ist passiert? Wo ist Sarah?"

Yakup und Yasmina sahen sich an und dann wieder den am Boden liegenden Mann.

„Keine Ahnung was du gerade gemacht hast, aber du bist zusammengeklappt und warst für fast zehn Minuten weg.", sagte der große Türke besorgt. Jonas schaute seinen Freund an.

„Habt ihr sie denn nicht gesehen?"

„Wen sollen wir gesehen haben?"

„Sarah, sie war eben hier und hat mit mir gesprochen."

„Äh ... außer uns ist hier niemand gewesen."

„Sarah hat mit mir gesprochen. Mensch ich bin doch nicht blöd. Sie stand genau vor mir und ist dann in einer Nebelwolke verschwunden. Ihr müsst sie doch gesehen haben."

Jonas sah hilfesuchend seine traurig und besorgt dreinblickende Frau an.

„Was war denn an deinem Kaffee heute Morgen nicht in

Ordnung?", fragte Yakup. Jonas wollte gerade losmotzen, als Yasmina ihn sanft zurückdrückte. Sie legte ihre Hände an seine Schläfen. Eine wohlige Wärme umhüllte ihren Mann. Er hatte das Gefühl zu schweben. Dann löste sie ihre Hände und sagte:

„Yakup, er hat keine Störungen oder komischen Kaffee gehabt. Es war eine Vision. Vor kurzem hast du sie doch auch gesehen. Sarah scheint verschiedene Kanäle zu benutzen, um Kontakt aufzunehmen."

„Eine Vision?", fragte Jonas.

„Die Bindung zwischen dir und Sarah ist offensichtlich so stark, dass es ihr möglich ist dich zu erreichen, wo auch immer du bist. Was hat sie gesagt?"

„Ihr Großonkel Horus steckt in einer Zwischendimension fest. Sie sagte, ich müsse ihm helfen, von dort zu entkommen."

Yasmina runzelte ihre Stirn. Sie war geschockt, denn sie glaubte, dass er es in diese Welt geschafft hätte.

„Das wird nicht leicht.", murmelte sie.

„Mutter und Myrddin haben damals alle Portale in unsere Welt geschlossen, versiegelt oder zerstört, nachdem sie und ich durchkamen."

Jonas erhob sich, seine Frau half ihm auf die Beine.

„Dann ist es nur eine Frage der Zeit, was als Nächstes auf uns zukommt.", flüsterte sie geheimnisvoll.

Yasmina zog sich in Gedanken versunken zurück. Ihr Mann folgte ihr und nahm sie in den Arm. Sie lehnte ihren Kopf an seine Schulter und gemeinsam gingen sie in ihr Quartier im Ostturm.

Nachdem Jonas und Yasmina den Speisesaal verlassen hatten, übernahm Yakup die Besprechung.

„Da die beiden uns jetzt vorerst nicht zur Verfügung stehen werden, müssen wir uns eine Strategie einfallen lassen. Vorschläge?"

„Ja, nur der ist nicht einfach.", meldete sich Vanessa zu Wort.

„Wir können es nicht riskieren, nochmal so viele Tote betrauern zu müssen."

„Und was schlägst du da vor?", fragte Yakup.

„Wir müssen auftauchen, bevor Yultaan das Festival erreicht. Da wir wissen, wo er sich rumtrieb, bevor er das Massaker angerichtet hatte, dürfte es einfach sein ihn zu lokalisieren. Nur die Durchführung wird nicht leicht."

„Moment mal. Das klingt nach einem Zeitsprung. Soll das etwa heißen, dass ich mich nochmal mit den beiden magischen Luftpumpen abärgern soll? Damit eines klar ist: Ohne mich!", knurrte Anya empört.

„Na hör mal, so schlimm waren wir doch gar nicht.", antwortete die Ex-Dämonin. Die Hexe wuselte in ihrer roten Mähne, zog ihr graues Haar hervor und zeigte drauf.

„Da!", maulte sie und ihre Augen funkelten.

„Dieses eine Haar, also echt jetzt. Würde mich mal interessieren, was du gemacht hättest, wenn wir voll aufgedreht hätten.", stichelte Ariel.

Anya ballte die Fäuste, stampfte mit den Füßen auf wie ein kleines Kind, dem man etwas verboten hatte, und verließ wutschnaubend den Speisesaal. John Craven schüttelte den Kopf. Er sah Ariel grimmig an.

„Musste das jetzt wirklich sein? Kannst du nicht einfach mal die Klappe halten? Du solltest mal besser deinen Rausch ausschlafen!" Er erhob sich und humpelte seiner Freundin hinterher, ohne die anderen zu beachten.

„Alter, was eine Laune hier.", murmelte Ariel.

„Kann mir gar nicht vorstellen warum ...", knurrte Nick, funkelte sie böse an und ging zur Küche.

„Okay, wenn das so weiter geht können wir den Scheißjob wohl alleine erledigen.", sagte Yakup zu Vanessa. Die zuckte mit den Schultern.

„Sind wir nicht Kummer gewohnt?"

„Eigentlich schon."

„Na bitte, dann ist doch alles bestens."

„Da ... ist was dran."

„Sehr schön. Dann trab mal los und fang Gräfin von Schmolli wieder ein, wir brauchen sie für das Ritual."

„Ich bin hin und weg vor Freude! Siehe meine grenzenlose Begeisterung!", grummelte er und schlurfte los.

„Wenn es sich irgendwie einrichten lässt, heute noch.", rief Vanessa ihm grinsend hinterher.

Pierre trommelte mit den Fingern auf der Tischplatte. Vanessa war genervt davon.

„Bist du ... nervös?", fragte sie den Templer.

„Wie kommst du denn darauf? Warum sollte ich? Dein Männe ist seit einer dreiviertel Stunde dabei Anya zu überreden wieder her zu kommen, Jonas und Yasmina haben sich zurückgezogen, Nick säuft den Monatsvorrat an Kaffee weg, da draußen läuft ein gefährlicher Dämon frei herum. Also nenne mir doch einen Grund, weshalb ich nervös sein sollte."

„Hab einen. Uns fehlt eine dritte Hexe."

„Ui toll, als hätte ich sowas nicht schon befürchtet."

In diesem Moment entstand eine schwarze Wolke, aus der sich ein Teil löste. Er manifestierte sich und nahm eine den

Anwesenden schon bekannte Form an. Es war einer der Schatten.

„Um die dritte Hexe braucht ihr euch keine Sorgen machen. Die ist schon auf dem Weg.", flüsterte das schemenhafte Wesen und ließ seine Augen kurz rot leuchten.

„Na wenigstens etwas positives.", murmelte der Templer.

„Wie soll das ganze eigentlich funktionieren?", fragte er die Vampirhexe. Sie erklärte ihm daraufhin in groben Zügen ihren Plan.

„... und er funktioniert nur, wenn niemand querschießt. Wir können uns keine Fehler erlauben.", ergänzte Vanessa. Pierre zog eine Augenbraue hoch.

„Dein Wort in Gottes Ohr." Nach einer kurzen Pause sagte er:

„Das kann ja alles noch ein bisschen dauern. Möchte sonst noch jemand einen Kaffee?" Ariel, Delia und Vanessa nickten. Der Templer ging in die Küche und kam nach ein paar Minuten mit einem Tablett und gefüllten Bechern zurück.

„Was ein Glück. Nick hat noch nicht alles weggesoffen.", sagte Pierre, sah Ariel vorwurfsvoll an, die seinem Blick auswich und stellte das Servierbrett auf den Tisch.

Stumm saßen sie da und schlürften die schwarze Brühe.

„Ich nehme meinen mit Milch und zwei Stück Zucker.", erklang aus einer Nebelwolke eine weibliche Stimme. Pierre sprang erfreut auf.

„Mia, schön dich zu sehen."

„Ich freue mich auch, wieder hier zu sein.", erwiderte die rothaarige Hexe und umarmte den Templer zur Begrüßung, danach die anderen.

„Wenn die Herrschaften dann endlich mal erscheinen würden, könnten wir es hinter uns bringen.", sagte der Abbé und setzte sich wieder.

Nach einer Stunde wurde die Versammlung fortgesetzt. Etwas später trudelten auch Yasmina und Jonas ein. Sie setzten sich neben Anya, die sich offensichtlich wieder etwas beruhigt hatte.

„Was ist denn mit Jonas los? Er sieht so betrübt aus.", flüsterte die rothaarige Hexe.

„Es gab Redebedarf. Die Vision vorhin hatte ihn voll aus der Bahn geworfen. Seine Liebe zu Sarah ist so fest, dass seine Bindung zu ihr über den Tod hinaus existiert.", antwortete Yasmina.

„Freunde, darf ich um Ruhe bitten?", eröffnete Vanessa die

unterbrochene Zusammenkunft. Sie erklärte den Anwesenden den Plan und ging dann über zur Durchführung.

„Mia, Anya, kommt bitte her.", forderte sie die Hexen auf. Sie sahen sich sehr ähnlich. Beide fast die gleiche Größe, schlank, lange gelockte rote Haare, blasse Haut und hübsche Gesichter. Sie trugen für das anstehende Ritual, ebenso wie Vanessa eine lange dunkelblaue Robe, die einen tiefen Ausschnitt bis zum Bauchnabel hatte. Zusammengehalten wurde sie auf Brusthöhe durch ein Geflecht aus Samtstreifen. Ihre Amulette trugen sie offen sichtbar zwischen den Brüsten. Sie zogen ihre Kapuzen über und nahmen ihre Positionen an dem zuvor von Mia und Vanessa vorbereiteten Ritualplatz im Speisesaal ein. Die Vampirhexe gab Yakup, Jonas, Ariel und Delia ein Zeichen und sie schritten in den inneren Kreis. Um ihn herum gab es ein gleichschenkeliges Dreieck, an dessen Ecken die Hexen standen, folgend von dem äußeren Kreis. In beiden Zonen waren magische Symbole aufgemalt. Nick, Pierre, John, Yasmina, Yelena, Kathi und ein paar Templer platzierten sich etwas abseits des Gebildes.

Vanessa hob ihre Arme und das Licht im Saal erlosch. Einen kurzen Augenblick war es stockfinster, dann flammten überall Kerzen auf. Nebelschwaden zogen durch die Dielen und unter der Eingangstür hindurch. Der Nebel an der Tür verdichtete sich zu einer hohen Säule und ein Mann trat heraus. Sein bodenlanger Kapuzenmantel verwirbelte bei jedem Schritt den Dunst. Der Kristall in seinem Wanderstab leuchtete auf. Alle sahen zu der Gestalt. Myrddin war erschienen.

„Lasst uns beginnen, meine Kinder.", sprach er.

8. In der Falle

„Wo ist der Engel?", fragte der hagere Mann das Mädchen. Sie schaute ihn angewidert von oben bis unten an.

„Aus welcher Anstalt bist du denn entflohen? Wärst du mit der Fratze nicht eher reif für den Totenacker?", konterte sie. Der Mann verzog sein Gesicht zu einer hässlichen Grimasse und seine Augen glühten kurz rot auf. Dann ging er wortlos weiter. Das Mädchen schaute ihm kurz nach, schüttelte den Kopf.

„Was die hier alles rauf lassen ...", murmelte sie und wandte sich wieder dem Geschehen zu. Die Menschenmenge tobte vor Begeisterung, als Arch Enemy auf der Bühne ihre Songs zum besten gaben.

„Wo ist der Engel?", fragte der hagere Mann einen weiteren Festivalgänger. Der lachte ihn aus und wollte weiter gehen, da packte die finstere Erscheinung den Metalhead am Hals und hob ihn hoch.

„Ich will wissen, wo der Engel ist!", fauchte er. Der Mann röchelte und rang nach Luft. Die Menschen um ihn herum wichen entsetzt zurück. Nur einer war mutig und trat dem mehr tot als lebend aussehenden Besucher in die Seite.

„Lass ihn los du Kretin!", brüllte er. Der Hagere verzog keine Miene und sah den Angreifer böse an. Der wiederum war erstaunt. Der Tritt hätte ihn normalerweise zu Boden befördern müssen. Das war aber nicht der Fall. Er ließ den röchelnden Metalhead los und packte den Mann am Arm und riss ihm den aus. Blut spritzte aus der Wunde. Er schrie und verstummte, als der Hagere ihn mit dem eigenen Arm bewusstlos schlug. Er ließ den Körperteil fallen und bückte sich nach dem Schwerverletzten, um ihm den Rest zu geben. Er ruckte herum und hielt seine Nase in den Wind. Er roch etwas. Sein Ziel war nahe.

„Suchst du nach mir?", fragte eine Frauenstimme hinter ihm. Er drehte sich langsam um und sah die zierliche Frau mit den hüftlangen schwarzen Haaren. Sie grinste ihn an.

„... oder nach mir?" Erneut drehte er sich um und sah die gleiche Person an einer anderen Stelle stehen.

„... oder suchst du vielleicht doch mich?" Eine dritte Ariel war erschienen.

„... oder doch eher nach mir?" Bevor Yultaan sich fassen und reagieren konnte, hoben die vier Frauen ihre Arme und Blitze schossen aus ihren Händen hervor. Die Umgebung fing an, sich zu drehen, und nahm unbeirrt an Fahrt auf. Wie ein Wirbelsturm verschwamm alles um ihn herum. Die Lichter der Bühne waren nur noch helle Streifen. Die Frauen standen weiter da und hielten ihr Blitzgewitter aufrecht, dann verlangsamte das Tempo des Kreisels sich und er stand mit den vieren in einer Wüste.

„Hier kannst du keinen Schaden mehr anrichten, du Mistkerl!", rief eine der Frauen. Yultaan war irritiert. Wie konnte das sein? Die Blitze erloschen. Der Mann verwandelte sich in das hässliche stinkende halbverweste Monster und richtete sich auf.

„Nette Show kleiner Engel. Das wird dir nur nichts nützen. Ich werde dich in Stücke reißen und dein Blut trinken. Deinen Kopf werde ich dem Meister servieren.", brüllte er.

„Nun beruhige dich, geh sterben und mach hier nicht den Lauten. Noch entscheide ich, wann ich abtrete!", sagte eine der Ariels. Yultaan stürmte auf die Frau zu, die soeben zu ihm sprach und schlug mit seiner Pranke zu. Sie glühte kurz auf und zerfiel zu Asche.

„Was? Wie ist das ... ah, es ist ein Trick!", fauchte die stinkende Kreatur. In diesem unachtsamen Moment sprang eine der Ariels ihn von hinten an und riss ihm den Helm vom Kopf. Zum Vorschein kam ein schakalähnlicher Schädel, durch dessen rottendes Fleisch sich Insekten, Würmer und Maden bewegten. Angewidert von dem Anblick und Gestank entfernte sich Ariel mit dem Helm und warf ihn weg. Yultaan wich zurück und einige Fleischbrocken lösten sich von seinem Skelett. Eine Ariel kam auf ihn zu mit einem goldenen Chepesch in der Hand.

„Na Stinker, erkennst du es wieder? Das war mal dein Brustpanzer."

„Das wird dir nur nichts nützen, denn ich bin mächtiger als du. Außerdem trage ich ihn noch.", knurrte er und zeige auf die verrottete Brust.

„Das haben schon einige behauptet und dann den Kürzeren gezogen.", sagte sie und griff an. Yultaan wehrte die Klinge des Krummschwertes ab und schlug zu. Seine Pranke ging durch den Körper der Frau, wie durch Butter. Sie sah ihn kurz mit großen Augen an und zerfiel dann zu Asche. Die dritte Ariel hob die Waffe auf und schlug zu. Sie verletzte den Dämon am Rücken. Aus der tiefen Schnittwunde quollen Maden und Würmer. Yultaan schrie auf. Blitzschnell drehte er sich um, entriss ihr das Schwert und schlug ihr den Kopf ab. Ihr Körper glühte kurz auf und zerfiel zu Asche.

Siegessicher stand er vor der letzten, der echten Ariel. Diese zog sich ein paar Schritte zurück und sah ihn ängstlich an.

„Na, kleiner Engel? Was ist jetzt mit deiner Macht? Ich würde mal sagen, du bist erledigt. Aber ich muss anerkennen, dass es ein guter Trick war." Der Dämon warf ihr das Schwert zu. Sie fing es auf und starrte abwechselnd auf die Klinge und Yultaan.

„Nun mach dich bereit zu sterben. Ich will es hinter mich bringen, und meinen Meister befreien." Mit diesen Worten stürmte er auf Ariel los. Die stand stocksteif da und rührte sich nicht.

Auf dem Festivalgelände war gute Stimmung. Von dem verletzten Mann bekam kaum einer etwas mit. Yasmina hatte ihn mit Hilfe von Delia und Anya geheilt. Myrddin löschte die Erinnerungen aus den Köpfen derer, die es mitbekommen hatten. Er fiel in seiner Tracht kaum auf und begab sich nach vorn zur Bühne.

„Äh ... Meister, was habt Ihr vor?", fragte Delia.

„Feiern und diesen zarten Klängen lauschen.", antwortete er.

„Das solltet ihr auch tun." Er grinste und verschwand in der Menge.

„Hm ... und was war das jetzt für eine Aktion?", fragte Jonas die Ex-Dämonin.

„Wir sollen feiern.", gab sie schulterzuckend zurück.

„Und diesmal lässt du den Schlüpper oben und deine Beine zusammen!", ermahnte Anya sie mit ernstem Blick. Delia lachte, hakte sich bei der Hexe ein und zog sie mit.

„Komm schon Schmolli, wir sollen feiern." Sie lachten und mischten sich ebenfalls wie die anderen unter die Menge.

Die drei Aschehaufen glühten und Rauch stieg auf. Aus dem Qualm formten sich drei Schatten, die blitzschnell in den Körper Yultaans eindrangen, bevor er den einstigen Engel erreichte. Er verharrte im Sprung und war zu keiner Bewegung fähig und musste tatenlos zusehen, wie Ariel auf ihn zukam. Sie grinste. Eine Hand umschloss Yultaans Hals und drückte fest zu. Er sah, wie sich der Arm verwandelte. Er wurde silberglänzend und muskulös. Dieser Effekt zog sich über Ariels gesamten Körper fort. Ihr liebliches Gesicht veränderte sich in das eines großen Mannes mit einem breiten Irokesenschnitt und gelbleuchtenden Augen. Die Gestalt wuchs auf über zwei Meter. Jetzt begriff Yultaan was passiert war. Er war auf die Falle der Schatten und eines Formwandlers hereingefallen.

„Wer bist du?", krächzte er.

„Ich bin Caldor. Hast du wirklich geglaubt, dass ich Ariel zweimal den gleichen Fehler begehen lasse um in deine Falle zu laufen? Das konnte ich nicht zulassen. Und nun auf nimmer wiederschüss du Missgeburt!", sagte der Ex-Dämon und schlug dem Monster mit dem Chepesch den Kopf ab. Anschließend verbrannte er die Überreste mit magischem Feuer. Eine rot leuchtende Kugel verließ den Kadaver. Nur die goldenen Panzerteile blieben zurück, die der Hüne einsammelte. Er fing die Kugel ein und zerquetschte sie. Roter Staub fiel zu Boden und löste sich auf. Yultaan war vernichtet.

Die Schatten hatten den Körper kurz zuvor verlassen und sich wieder zu einem vereinigt.

„Bis zum nächsten Mal.", verabschiedeten sie sich.

„Ich freue mich, dass ich dir und deinen Freunden helfen konnte.", flüsterte das Schemen mit einer Caldor bekannten Stimme. Er kam nur nicht darauf, wem sie gehörte.

„Mein Dank wird dir ewig nachschleichen.", sagte er grinsend und hob seine rechte Hand.

Eine blasse Frauenhand materialisierte sich und klatschte mit einem High Five ab. Dann verschwand der Schatten. Caldor lächelte und kehrte zurück in die Welt der Menschen.

In der Hölle

Die große Gestalt mit der Panzerung eines römischen Centurio stand vor Asmodeus Zelle. Der Fürst der Finsternis zerrte an seinen Ketten.

„Wann lässt du mich endlich frei?", fragte er die große Gestalt.

„Vielleicht wenn du in letzter Konsequenz deine Allmachtsfantasie aufgibst und die Versuche, mich zu stürzen, bleiben lässt.", erwiderte das Wesen mit den Flügeln und der Kapuze. Ein gehässiges Lachen drang unter der Kopfbedeckung hervor. Asmodeus schäumte vor Wut.

„Solange du nur deine größten Versager auf Drake und seine Freunde loslässt, ist ja alles im grünen Bereich."

„Luzifer, das wirst du noch bereuen. Wäre meine Tochter noch hier, hättest du nichts mehr zu lachen. Sie würde dich vernichten!"

„Na wenn du dich da man nicht etwas verkalkuliert hast.", brummelte die Gestalt.

„Dein Geschöpf hat erkannt, was du für ein … Sie mag dich halt nicht mehr. Ich habe sie mit all ihren Fähigkeiten, ihrer Macht, ihrem Kampfgeist, ihrer Würde und, was ganz wichtig ist, ihrer Seele zu den Menschen zurückgeschickt."

„Wie niedlich. Sie ist doch nur noch eine Frau."

Luzifer lachte schallend.

„Und was für eine. Sie steht unter meinem persönlichem Schutz und dem anderer mächtiger Wesen. Außerdem steht sie unter niemandes Kontrolle. Sie ist frei!" Er verließ die Zelle. In der Tür drehte er sich noch einmal um.

„Da ist noch was, nur so zum nachdenken. Solltest du jemals wieder auf die Idee kommen mich zu hintergehen, warten ein paar böse Überraschungen auf dich. Der Erbe meines Throns steht schon seit langer Zeit fest. Du bist es jedenfalls nicht!" Lachend verließ er den Zellentrakt.

„Verdammt!", knurrte Asmodeus und ergab sich vorerst seinem Schicksal.

ENDE